奉

守り刀の声

鈴木英治

双葉文庫

目次

第一章 7
第二章 92
第三章 173
第四章 243

守り刀の声　口入屋用心棒

第一章

一

倒れかかってきた。

湯瀬直之進《ゆせなおのしん》は、だっ、と地を蹴った。

半町ほど前を行く平川琢ノ介《ひらかわたくのすけ》は、角を左に曲がろうとしている。直之進の背後で地面を揺るがすような轟音《ごうおん》が響いたが、距離があることもあって琢ノ介の耳には届かなかったようだ。姿が見えなくなった。

さっと振り返った直之進は目をみはった。もうもうと土煙《つちけむり》が上がってあたりの景色が霞む中、十枚以上の板材が折り重なって、二間ほどの幅の道をふさいでいる。

いったいなぜこのような仕儀《しぎ》に。まさか俺が狙われたのではなかろうな。

いや、今はそのようなことを考えている場合ではない。後ろを歩いていた者が一人いたはずだが、姿がないのだ。

琢ノ介のことは気になるが、このまま見過ごすわけにはいかない。手に唾《つば》をし、直之進は駆け寄った。

何人かの男がわらわらと駆けつけてきた。

「お侍、大丈夫ですかい」

顎《あご》のとがった若い男が直之進の横に立ち、呆然《ぼうぜん》とした顔で、幾重《いくえ》にも重なった板材を見つめる。

「ここの塀に立てかけられていたのが、倒れてきたんですかい」

普請《ふしん》中の家を見上げて男がたずねる。梁《はり》と柱だけの家からは槌音《つちおと》一つしない。今日は、大工たちは休みなのか、閑散《かんさん》としている。

倒れてきた板材の長さは九尺ほど、厚さは優に一寸はあるだろう。

「俺の後ろに小間物売りがいた。巻き込まれたかもしれぬ」

「ええっ、そいつは大変だ」

腰を落とした直之進は、一枚の板材をぐいっと持ち上げた。これだけでかなりの重みだ。右肩を板材の下にこじ入れ、道の脇に放り投げるように置く。

それを見て、男たちがあわてて板材をどかしはじめた。

どうした、なにがあった、と新たに数人の町人が血相《けっそう》を変えてやってきた。

「人が下敷きになっているらしいんだ」

顎のとがった男が板材を肩に担ぎ、目を血走らせていう。

「ええっ、なんだって」

「そいつはことだ」

「この下に何人いるんだい」

「こちらのお侍は、一人じゃないかっておっしゃっている」

腹が出て貫禄《かんろく》のある年かさの男が、板材の下に向かって呼びかける。

「おーい、誰かいるか、大丈夫か」

それに応じて、ええ、とくぐもった声が聞こえてきた。おっ、と年かさの男が破顔する。

「生きていますぜ」

直之進も胸をなで下ろしたが、これだけの板材の下敷きになって、どうして命があるのか、それが少し不思議だった。

とにかく今は、と直之進は思った。この板材をすべて動かすほうが先だ。大怪我を負っているかもしれない。

「いま助けてやるからな」

「がんばるんだぜ」

男たちが声をかけながら、次々に板材をどかしてゆく。寒風が吹きつける中、男たちの必死の働きによって、板材は道からあっという間になくなった。

一人の男が地面の上で体を丸めていた。二尺ほどの高さがあったはずの箱が、かたわらにある。上のほうがひしゃげたように潰れ、十段はあるはずの引出しの半分が壊れて、売り物が散乱している。櫛《くし》や簪《かんざし》、巻紙《まきがみ》、おしろい、はさみ、煙草《たばこ》などだ。

「大丈夫か」

顔をのぞき込んで直之進は声をかけた。

「ええ、なんとか」

か細い声で答えた小間物売りがこわごわという感じで、こちらを見る。その表情は青ざめていた。

「立てるか」

「はい、立てると思います」

手を伸ばし、直之進はつかむようにうながした。無事が信じがたいというように目をしばたたき、小間物売りが直之進の手をつかむ。直之進が静かに引き上げると、ふらつきながらも立ち上がった。

「怪我はないか」

小間物売りを見つめて直之進はたずねた。小間物売りが戸惑ったように自分の体を見た。

「ええ、どこにも」

額と左頬に小さなかすり傷があるくらいで、大きな怪我は負っていないようだ。

「よかった。まさに顕現《けんげん》と呼ぶべきことだな」

「おっしゃる通りでございます」

小腰をかがめて小間物売りが同意する。

「ふだんより手前は愛宕権現《あたごごんげん》を崇《あが》めているのですが、きっとそれがよかったのでございましょう。いきなり木材が倒れかかってきて、咄嗟《とっさ》に小間物箱の横にかがんだのですが……」

倒れてきた板材が小間物箱を完全に押し潰していたら結果はちがっていただろ

う。十ばかりある引出しが衝撃を和らげたのか、なんとか箱は破壊をまぬがれたのである。板材と小間物箱のあいだにすっぽりできた隙間《すきま》に体がぴったりとおさまり、小間物売りは一つしかない命を拾うことができたようだ。

「とにかく無事でよかった」

万感の思いを込めて直之進はいった。

「はい、まことにありがたく存じます」

よかった、よかった、と他の者たちも喜んでいる。いつの間にか大勢の野次馬《やじうま》がまわりを取り囲んでいるが、その者たちも、なによりだったな、運のいい人だねえ、と口々にいい合っている。

「それにしても、いい加減に板材を立てかけておくからだ。ここの大工たち、とっちめなきゃいけねえな」

顎のとがった男が息巻き、ほかの男が声を合わせる。

「まったくだ。こいつは御上《おかみ》に届け出なきゃならねえよ。人死にが出なかったからって、見逃すわけにはいかねえな」

その言葉を聞きながら、本当は俺が狙われたのではないのか、と直之進は自らに問うた。これまでのところ、不審な眼差《まなざ》しなど、まったく感じなかった。元老中首座の堀田正朝《ほったまさとも》の残党に狙われる身である以上、いきなり襲われることはもちろん考えられないではないが、これはちがうような気がする。

それとも、俺が琢ノ介の警護に就《つ》いているのを知って、引き離そうとする策略だろうか。もしそうならば、琢ノ介の身が危うい。

こうしてはいられない。

「では、これでな」

小間物売りに告げて直之進は歩き出した。

「あの、お名前を」

足を止めずに直之進は振り返った。

「名乗るほどのことはしておらぬ」

今からどんなに急いだところで琢ノ介が見つかるはずもないと思いつつも、直之進は早足で後を追った。

琢ノ介が曲がった角のところまで来て、左手を見やる。大勢の者が行きかう雑踏が眺められるだけで、案の定《あんのじょう》、琢ノ介の姿はどこにもない。

渋い顔で直之進は唇を噛み締めた。

やはりあの男、今の騒ぎには気づいておらなんだか。さて、どうする、この先に米田屋《よねだや》の得意先があっただろうか。

考えてみたが、心当たりはない。

悪運の強い琢ノ介ならばきっと大丈夫だろう、とは思うものの、もし堀田一派に襲われてあの男が命を落としたら、後悔どころの話ではない。この先一生、心のしこりとなって残るにちがいない。

早足になった直之進は琢ノ介の姿を求め、界隈《かいわい》を捜し続けた。

一刻ばかりひたすら駆け回った。

だが、琢ノ介を見つけ出すことはできなかった。ひどい寒さの中、額に汗が浮き、顎からしたたり落ちている。

ふう、と直之進は大きく息をつき、手ぬぐいで汗をふいた。眉根を寄せて首を振る。

——仕方あるまい。

あきらめるしかないようだ。今は、琢ノ介の悪運の強さを信ずるしかなかった。

それに、もし琢ノ介の身になにか起きたとするならば、なんらかの騒ぎになっていなければおかしい。町役人《ちょうやくにん》だけでなく、富士太郎《ふじたろう》や珠吉《たまきち》もその場に駆けつけるはずだ。駆けずり回っている最中、そういう騒ぎに出くわすことはなかった。琢ノ介の身にはなにも起きていないということではないか。

まだ日は高い。刻限は八つを少し過ぎたあたりだろう。

少し考えて、直之進は懐《ふところ》から一枚の人相書を取り出した。強い風にさらわれそうになる中、じっと目を落とす。

この男を見つけださねばならぬ。

先日、根岸《ねぎし》にある高畠権現《たかはたごんげん》の境内《けいだい》で、琢ノ介は堀田家の残党である二人の男に襲われたが、そのうちの一人がこの職人ふうの若い男だ。もう一人の滝上鹿久馬《たきがみかくま》という侍は、直之進が討ち果たした。正朝の仇討であるのは判明したが、まだほかにも残党がいるのはわかっている。全容を解明するためにも、人相書の男を捜し出さねばならない。

そのために、まず会わなければならない者が二人いる。

よし、行くか。

もう一度、琢ノ介の消えた左手の道を見やってから、直之進はまっすぐ歩き出した。

次に足を止めたのは、一軒の口入屋《くちいれや》の前だ。山城屋《やましろや》と記された小さな看板が、ている。冷たい風に吹かれ、身を震わせるように店の暖簾《のれん》が小さく揺れ店先に出ている。

その暖簾を払い、直之進は建てつけがあまりよくない戸をあけた。そこは薄暗い土間になっており、どこか陰気な感じがしたが、火鉢に炭が熾《お》きているようで、外の寒さが嘘のようなあたたかさに満ちていた。ふう、と自然に吐息《といき》が漏れ出る。

「いらっしゃいませ」

声がかかり、一段上がった奥で立ち上がった男がいた。帳場格子《ちょうばごうし》を回り、土間にあった突っ掛け草履《ぞうり》を履《は》いた。

この店のあるじである。一度会っているから、まちがえようがない。目尻が柔和に下がり、両の頬も同じように垂れている。ふくよかな顔つきで穏和《おんわ》そうだが、油断はできない。

「お仕事をお探しでございますか」

直之進を見て、あるじは、おや、という顔になった。あるじの前に立ち、直之進は小さく笑みを浮かべた。

「いや、そうではない。ちと話を聞きに来たのだ。覚えていると思うが、俺は湯瀬直之進という。おぬしは」

「藍之助《あいのすけ》と申します」

穏やかにいいながらも、藍之助の顔にはすでに警戒の色が浮かんでいる。できれば逃げ出したいと考えているのかもしれないが、自分の店ではそういうわけにもいかない。

懐から滝上鹿久馬の人相書を取り出し、直之進は藍之助に見せた。

「先日、この店に来たとき、俺はおぬしにこの人相書を見せた。覚えているか」

目を細め、藍之助が人相書をじっと見る。

「は、はい。覚えております」

半歩だけ前に出た直之進は笑みを消し、藍之助を見据えた。喉仏《のどぼとけ》を上下に動かし、藍之助が体と顔をかたくする。

「おぬし、本村助九郎《もとむらすけくろう》という侍が買った道場が火事になったことを知っているな」

「存じております」

ごくりと唾を飲み込んで藍之助が顎を引く。

「人死にが出たことも知っているか」

「存じております。四人のお方が亡くなったとうかがっています」

「その通りだ。そのうちの一人は滝上鹿久馬といい、俺が討ち果たした。本村助九郎と足立仲之丞《あだちなかのじょう》という者は自害してのけた。もう一人の山久弁蔵《やまひさべんぞう》という者は、足立に刺し殺された」

「えっ、そ、そうだったのでございますか」

大きく目を見ひらき、藍之助が確かめてきた。この驚きぶりに嘘はない、と直之進は感じた。直之進が鹿久馬たちと戦ったことは、どうやら耳にしてなかったようだ。

となると、と直之進は思った。この男はなにも知らないのかもしれない。こうして逃げることなく店をあけているのも、そのことを明かしているのではあるまいか。

直之進の脳裏に、燃え盛る道場の庭で繰り広げられた凄惨《せいさん》な光景が映し出された。脇差《わきざし》で自害して果てた仲之丞の首から血が噴き出し、直之進に降りかかった。べったりと着物についた血のにおいを思い出し、直之進は我知らず唇を噛んでいた。

藍之助は白い顔になっている。流れ出た冷や汗を手の甲でぬぐう。

軽く息を入れて、直之進は言葉を続けた。

「あの道場を買った本村助九郎というのは偽名で、本名は垣生《かきお》高之進《たかのしん》という」

「えっ、まことでございますか」

「それも知らなかったか。――あの道場が火事になったのは、垣生たちが火を放ったからだ。道場に閉じ込められた俺は、危うく焼き殺されそうになった」

「ええっ」

呆然と口をあけ、藍之助が絶句する。

「俺は、垣生たちに道場へと誘い込まれたのだ。道場では、滝上鹿久馬が俺を討ち果たさんと待ち受けていた。滝上鹿久馬は自信満々だったが、俺はやつを返り討ちにした。だが、鹿久馬が万が一し損じたときに備え、あの道場には俺を閉じ込めるための仕掛けがなされていたのだ」

自失の体《てい》で、藍之助はしばらく黙っていたが、喉の奥から言葉をしぼり出した。

「こうしてご無事ということは、湯瀬さまは道場から抜け出されたのでございますね」

「かろうじてな。脱するときに、おのが刀を駄目にしてしまった」

藍之助が、ちらりと直之進の腰を見やる。直之進は刀の柄《つか》を右手で軽く叩いた。

「この刀は譲り受けたものだ」

直之進が刀に触ったのを見て、藍之助が顔をこわばらせる。

「抜く気はないゆえ、安心してよい。――おぬしに聞きたいことがある。答えてくれるか」

「はい、なんでございましょう」

かたい顔のまま藍之助がきく。

「おぬし、俺をあの道場に誘い込む片棒を担《かつ》いだのではないか」

「いえ、そのようなことは」

顔面蒼白になって藍之助が否定する。

「山城屋、嘘をつくと、ためにならぬぞ。なにしろ俺は大事な友垣《ともがき》を殺されているのだ。いまだにはらわたが煮えくり返っている。仇である滝上鹿久馬はあの世に送った。だが、まだ黒幕が残っているのだ。その者が誰なのかを突き止め、息の根を止めぬ限り、俺の怒りはおさまらぬ」

なにもいえないようで、藍之助はただうつむいている。直之進は鹿久馬の人相書を藍之助にもう一度見せた。

「おぬし、この男に、俺をあの道場に誘うようにいわれたな」

一瞬、顔を上げかけたが、またもがくりと藍之助がうなだれた。

「はい。まことに申し訳ございません」

「なにがあったか、話してもらおうか」

「はい。承知いたしました」

唇を舌で湿らせて、藍之助がゆっくりと話し出す。

「滝上さまはこうおっしゃいました。この店に湯瀬直之進という侍がやってくるはずだ、そのときに必ず例の道場に導くようにせよ、と」

じろりとにらみ、直之進は藍之助に問うた。

「なにゆえそのようなことを引き受けた」

「は、はい、そ、それは……」

「金に目がくらんだか」

「あ、い、いえ……、申し訳ございません。十両……下さるとおっしゃるものですから」

「道場に導くだけで十両もの金になる。おぬし、後ろ暗いことかもしれぬとは思わなかったか」

唇を震わせて藍之助が眉根を寄せた。

「なにかあるとは思いましたが……。しかし滝上さまが、悪いことをするのではないゆえ安心するように、とおっしゃいましたので……」

「それを信じたのか」

わずかに間を置いて藍之助が口をひらく。

「い、いえ……。でも、まさか人死にが出るようなことになるとは夢にも思いませんでした」

「金はもらったのか」

「は、はい、いただきました。あの……、返さないとまずいでしょうか」

「いや、もはやその必要はなかろう。もらっておけばよい」

藍之助は安心したような顔になった。あまり商売がうまくいっていないのかもしれない。江戸に口入屋は多いが、すべての店が順調に回っているということはあるまい。

それにしても、と直之進は思った。十両とはずいぶん弾《はず》んだものだ。鹿久馬たちの背後にいる者は、よほどの財力を誇っているとみえる。考えてみれば、堀田家は取り潰されたとはいえ、正朝は老中首座を長いことつとめたのだ。その間の蓄財は相当のものだったのではあるまいか。多くは公儀《こうぎ》に没収されたはずだが、見逃された財があってもおかしくはない。

「仮にその十両を返すとして、おぬし、当てはあるのか」

新たな問いを発して、直之進は藍之助をじっと見た。

「いえ、ございません」

あわてて藍之助が首を横に振る。

「滝上鹿久馬と垣生高之進以外、この店に来た者は」

「いえ、こちらにいらしたのは、そのお二人だけでございます」

「では、この人相書を見てもらおう」

鹿久馬の人相書をしまった直之進は、新たな一枚を懐から取り出した。職人ふうの若い男が描かれている人相書である。

「この男だ。知らぬか」

人相書を手に取り、藍之助が真剣に見る。

「いえ、存じ上げない方でございます」

嘘はついていないように思える。

返された人相書を折りたたみ、直之進は懐にしまい入れた。ほかにこの男にきくべきことはないか、と自らに問うた。

「山城屋、おぬし、あの道場の普請をしていた大工の棟梁《とうりょう》を知っているな」

「はい、存じております」

伝治郎《でんじろう》とのことだ。住まいはここから三町ばかり東に行ったところだという。

「その伝治郎だが、今も変わらず仕事をしているのか」

「はい、腕のよい大工ですから。引く手あまたと聞いております」

そうか、と直之進はつぶやくようにいった。ほかにきくべきことはなく、ここは引き上げることにした。

「あ、あの……、手前は罪に問われるのでございましょうか」

おずおずと藍之助がきいてきた。

「案ずることはない」

手を伸ばし、直之進は藍之助の肩を軽く叩いた。女のようにほっそりとした骨で、苦労が如実《にょじつ》にあらわれているような気がした。


「そうか」

「では」

　藍之助が喜色をあらわにする。

「うむ、おぬしはなにも知らなかったのだ。それでよい」

「これ以上ないお言葉でございます」

　感激の面持《おもも》ちになった藍之助が深々と頭を下げる。

「だが山城屋。よいか、二度と同じ過ちをおかすでないぞ」

「はい、心しておきます」

　もう一度腰を折ってから、藍之助が顔を上げた。

「これからは生まれ変わったつもりで、商売に精を出します」

「うむ、それがよかろう。正直に誠実に励むことが、商売繁盛の一番の近道だと思うぞ」

「まことおっしゃる通りにございます」

「山城屋、では、これでな」

　着流しの裾をひるがえし、直之進は暗い土間をあとにした。外に出ると、いきなり寒風が絡みつき、体を一瞬で冷やした。寒い、という声が出そうになるのをなんとかこらえる。

続いて外に出てきた藍之助が静かに呼びかけてきた。

「湯瀬さま」

「しばらくしたら、またここにおいでいただけませんか。手前がどのくらい商売に精を出しているか、ご覧いただきたいと存じます」

にこりとして直之進はうなずいた。

「わかった。必ず来よう」

「お待ちいたしております」

「うむ。山城屋、息災《そくさい》でな」

「湯瀬さまも。手前が申し上げるのはなんですが、一刻も早く黒幕が見つかることを祈っております」

「かたじけない」

必ず見つけ出し、成敗《せいばい》してくれる。新たな決意を胸に秘め、直之進は道を歩き出した。十間ほど進んだところで振り返ると、藍之助はまだ店先にいて、直之進を見送っていた。直之進が大きくうなずいてみせると、うれしそうに辞儀をした。

当たり前のことながら、伝治郎は仕事に出かけていた。今の普請場はすぐ近くとのことで、女房に場所を教えてもらった直之進は礼をいって、足を進めた。

やがて槌音が聞こえてきた。

伝治郎の差配で、十人ばかりの大工が大きな家を建てていた。普請中の家の前に立ち、伝治郎らしい男が大工たちに指示を与えている。盛り上がった額に、一本の太い横じわがくっきりと刻まれている。歳は四十をいくつか過ぎているか。

直之進に気づき、ちらりと見た。

大工といえば、腕がよいところを見せつけるために昼の八つには仕事を終え、煮売り酒屋で酒を飲みはじめる者が多いときく。この者たちはもう七つ近くになろうとしているのに、寒風が吹きすさぶ中、汗水垂らしてまだ働いている。仕事に取り組む真摯《しんし》さが感じられた。

「棟梁の伝治郎か」

声をかけ、直之進はかたわらに立った。

「ええ、さいですけど、お侍、なにか御用ですかい」

「俺は湯瀬直之進という。おぬしに聞きたいことがある」

「ご覧の通り仕事中なもんで、できればあとにしていただきたいんですが」

「それは見ればわかる。だが、人死にに絡んでいるのでな。はい、そうですか、と引き下がるわけにはいかぬのだ」

「人死にですかい」

ぎろりと目をむいて、伝治郎が直之進を見つめる。

「そうだ。おぬし、この前、道場を建てたな。だが、せっかく建てたそれは火事で燃えてしまった」

「ああ、あの道場ですかい」

不快そうに顔をゆがめ、伝治郎が腕組みをする。

「四人の方が亡くなったと聞きましたよ。詳しい話はよくわからねえんですけど」

「おぬし、あの道場に仕掛けをつくったな」

「仕掛けですかい」

「そうだ。天井《てんじょう》から別の壁が降りてきて四方を囲み、中の者を閉じ込める仕掛けだ」

「ああ、あれは施主にいわれてつくっただけですぜ」

「注文だったとはいえ、人を閉じ込めるような仕掛けをつくっておかしいとは思わなかったのか」

「少しは思いましたよ。しかし、相伝《そうでん》の秘剣を授ける際に必要なものだといわれれば、断ることなどできやしません」

「相伝の秘剣か……」

「ええ。仕掛けをつくるのにほかの大工たちには決して見せないでほしい、といわれましてね。ですから、あの仕掛けは全部、あっしが一人で手がけたんですよ」

「いい腕をしているのだな」

燃え盛るあの道場を抜け出ることができたのも、顕現だったといってよいのだろう。軽く顎を上げて、直之進は普請中の家に目をやった。

「あの道場を建てるようにいった施主《せしゅ》は誰だ」

「本村助九郎さまというお方ですよ。このあいだ、亡くなってしまったようですけど」

「おぬし、本村とは前から知り合いだったのか」

「いえ、ちがいますよ。あっしの腕を見込んで、頼みに見えたんです」

「代《だい》を弾まれたか」

「ええ、それはもう。仕掛けがある上に、急いで建てるようにいわれましたから、あっしらも突貫《とっかん》でやりましたよ」

「代はもうもらったのか」

「ええ、建てる前に半金で、できあがってすぐに残りをいただきました」

「それは本村が払ったのか」

「さいです。本村さま、できあがりをご覧になって、ずいぶんと満足そうなお顔をされていましたよ」

これで湯瀬直之進をあの世に送ることができると、確信を抱いたのだろう。

「道場の普請をするに当たり、顔を見せたのは本村だけか。本村が他の者と一緒におぬしの前に顔を出したことはなかったか。たとえば、この男だ」

懐から職人ふうの男の人相書を取り出し、直之進は伝治郎に見せた。

「どれどれ」

冷たい風にさらわれないようにしっかりと手に取り、伝治郎が目を落とす。

「いえ、この人には見覚えがありませんね」

「そうか」

「おや」

「どうした」

人相書を返そうとしてとどまり、伝治郎が見直している。

「この人は、誰かに似ていやすね」

「誰だ」

勢い込んで直之進はたずねた。しばらく人相書をにらみつけて考え込んでいたが、やがて顔を横に振り、伝治郎が渋い顔になった。

「いえ、そいつがわからないんですよ。思い出そうとしているんですがね。歳のせいか忘れっぽくなっちまって」

「そうか。棟梁、思い出したら、つなぎをくれるか」

「ようございますよ。それで、どちらにお知らせすればよろしいので」

「小《こ》日《ひ》向《なた》東《ひがし》古川《ふるかわ》町に米田屋という口入屋がある。そこに頼みたい」

「米田屋さんですかい。名だけは聞いたことがありますよ。やり手の主人が店を繁盛させているらしいですね」

光《みつ》右《え》衛門《もん》のことをいわれて、直之進は自分がほめられたような気分になった。

いま光右衛門は病に臥《ふ》しているが、どうにかして本復《ほんぷく》してほしいと直之進は願っている。

「思い出したら、必ずお知らせします。でもお侍、あまり期待はなさらないでおくんなさい。自慢じゃないが、このところなにかを思い出そうとして思い出せたためしがありませんや」

「まだそのような歳ではあるまい」

「とんでもない」

顔の前で大仰《おおぎょう》に手を振り、伝治郎が真顔で続ける。

「人生五十年として、あっしが生きられるのはあとせいぜい五年くらいなもんだ。耄碌《もうろく》するのも当たり前ですぜ」

空咳《からせき》をして、伝治郎が直之進を見つめる。

「お侍、お名はなんとおっしゃいましたか。さっきうかがったばかりなのに、もう忘れちまった。まったく、これですからねえ、あきれたもんですぜ」

「俺も似たようなものだ」

「お侍はまだお若いのに」

「そうでもないさ」

直之進はあらためて名を告げた。

「ああ、湯瀬さまでしたね。いわれてみりゃあ、そうだったなあと思うんですけどねえ、まったく情けねえ」

いうほど情けないと感じてはいない顔で、伝治郎がいう。

冬の短い日は大きく傾き、江戸の町はじき日暮れを迎えようとしていた。

二

鋭利《えいり》な刃物で刺されている。

背中の傷口からおびただしい血が流れ出し、地面を黒く染めていた。狭い路地で、死骸はうつぶせに倒れている。

「按摩《あんま》さんだね」

死骸をのぞきこんで、樺山《かばやま》富士太郎はつぶやいた。頭を丸めた三十過ぎと思える男は両腕を前に投げ出し、悔しげな横顔を見せている。杖《つえ》がそばに転がっていた。

「ええ、さいです」

中間《ちゅうげん》の珠吉が横に出てうなずいた。

「名は利聖《りしょう》さんです」

そういう名だったのかい、と富士太郎は死骸に心で語りかけた。無念だっただろうね。必ず仇は討ってあげるからね。

うん、と珠吉に返して富士太郎は目の前の家を見やった。

「ここは仏さんの家といったね」

「さいです。利聖さんは、この家で暮らしていました」

「一人かい」

「いえ、仏さんは盲目ですから、身のまわりの世話をするばあさんがいます。といっても、通いですが。そのばあさんが今朝、利聖さんが殺されているのを見つけて届け出たんです」

死骸が横たわる路地は、千駄木《せんだぎ》の利聖の家に突き当たって終わっている。近所は家が建てこんでいるが、路地の両側は三尺ほどの高さの生垣《いけがき》になっており、しかも路地は少し斜めに曲がっている。路地の出口に面する通りからは、利聖の家は見えても路地すべてを見通すことはできない。この家にやってくる者以外、死骸を見つけることはまずできないだろう。

「そのばあさんはどこにいるんだい」

富士太郎にとっては、最初に話を聞かなければならない人物である。

「路地の向かいの家にいるはずですよ。こんなことになってさすがに平静でいられないようで、その家の者に慰《なぐさ》めてもらっているんです」

「ああ、かわいそうだね。それだったら、気持ちが落ち着くまで事情を聞くのは控えたほうがいいね」

ちらりと向かいの家に目を向けてから、富士太郎は再び死骸を見つめた。利聖は十徳《じっとく》を羽織《はお》り、首のまわりには寒さよけに羽二重《はぶたえ》を巻いている。死んでからどのくらいたっているものか。今朝もまた冷え込み、斜めに射し込んでくる日に春を思わせるつややかさは感じられるものの、大気をあたためるまでにはまったく至っていない。ときおり吹く風もひどく冷たい。死骸も凍りついているように見えた。

殺されたのは、と富士太郎は思った。昨晩、遅くだろう。商売を終え、帰ってきたところを殺《や》られたのだ。おそらく町々の木戸が閉まる四つ前のことだろう。

利聖は待ち伏せされたのか。それとも、あとをつけられ、この路地に入ったところをぶすりとやられたのか。付近に凶器らしいものは見当たらない。犯人が持ち去ったに決まっている。

とにかく検死医師が来なければ、死骸を動かすどころか、触れることもできない。そう思ったところに、二つの人影が路地を入ってきた。

検死医師の福斎《ふくさい》が助手の若者をともない、近づいてきた。富士太郎と珠吉に頭を下げる。

「遅くなりました」

「いえ、とんでもない。遅くなんかないですよ。ご足労をおかけします」

首を伸ばし、福斎が死骸に目をやる。

「そちらですか」

「先生、さっそくお願いできますか」

「ええ、もちろんですよ」

富士太郎と珠吉が道をあけると、福斎と助手が足を進め、死骸の前にしゃがみ込んだ。両手を合わせた福斎は、まず傷口を調べた。それから死骸に触れ、体のかたさなどを確かめるような仕草《しぐさ》をした。助手に手伝わせて死骸をひっくり返して着物をはぎ、ほかに傷がないかも見た。そのとき、利聖の懐から袱紗《ふくさ》包みが出てきた。ほかにも巾着《きんちゃく》らしい物があった。それらを助手に預けた福斎は死骸の口をあけ、なにかのみ込んでいないかも確認した。

やがて立ち上がり、助手の差し出す手ぬぐいで手をふいた。それから福斎は富士太郎たちに近づいてきた。

「終わりました。検死の結果をいう前に、こちらをお渡ししておきます。ご覧になっていたでしょうけど、この仏さん、こんな物を持っていましたよ」

福斎がうなずいてみせると、助手が袱紗包みと巾着を富士太郎に手渡した。袱紗包みはずしりと重い。

「こいつは――」

眉根を寄せて富士太郎は、袱紗包みに手をそえて重みを計るようにした。この袱紗自体、かなり上等なものだ。手触りがなめらかで、しっとりしている。

「中身は多分お金ではないでしょうか。相当入っていますね」

福斎が淡々とした口調でいう。

「中を見てもいいかな」

袱紗包みを片手に持ち替えた富士太郎は珠吉に確かめた。

「ええ、かまわねえでしょう」

顎を引いた富士太郎は袱紗包みをそっと解いた。おっ、と我知らず声が出る。山吹色《やまぶきいろ》に光るものが見えたのだ。それも二枚や三枚ではない。

「ちょうど十枚あるよ」

「へえ、そいつはすごいですね」

「これだけの大金、どうしたんだろう。按摩をやって一晩で稼げるような額ではないね」

「さいですね。按摩はだいたい二十四文から四十八文というのが相場ですからね。一両稼ぐのもなかなか大変ですよ」

巾着をあけて富士太郎は中を見た。

「こっちには、びた銭が入っているね。いくらあるのかな」

数えてみたら、四十八文だった。

「半身で二十四文、全身を行うと四十八文というのがだいたいの相場ですから、昨晩の利聖さんは、一人か二人のお客を取ったということでしょうね」

「うん、珠吉のいう通りだね。ずいぶん稼ぎが少ないのは、この十両が手に入ったからとも考えられるね」

「さいですね」

「このお金が取られていなかったということは、金目当てに殺されたのではないんだろうね」

「そういうことになるでしょうね」

小さくうなずき、珠吉が同意する。袱紗を元通りにして、富士太郎は懐にしまい入れた。

「これをかすめ取るような真似はいたしませんから、福斎先生、安心なさってください」

ふふ、と福斎が小さく笑いをこぼす。すぐに顔を引き締めた。

「樺山さまのことは信用しています。そのようなことをなさるお方ではありませんよ」

「ありがとうございます。信用してくださってうれしいですよ。福斎先生、仏さんの持ち物はこの二つだけですか」

「あとはこれですね」

福斎が差し出してきたのは、呼び子である。これを吹いて、流しの按摩は客を誘うのだ。呼び子というと岡っ引が捕物の際に使うものを思い浮かべるが、あれは、ぴりぴりぴりという音を立てる。按摩が持っている呼び子は、ぴーぴーと鳴る。むろん、捕物と区別するためにわざと異なる鳴り方になっているのである。

呼び子を受け取り、富士太郎は福斎を見つめた。

「では福斎先生、検死の結果を教えていただけますか」

はい、と答えて福斎が唇を湿らせた。

「もうおわかりかと思いますが、仏さんの命を奪ったのは、背中にある刺し傷です。鋭利な刃物でやられています。傷の深さからして、おそらく匕首《あいくち》でしょう。ただし、犯人は手慣れた者ではないと思いますよ」

「とおっしゃると」

「犯人は全部で三度、背中を刺しています。一つはかなり深く入っているのですが、心《しん》の臓《ぞう》は外しています。匕首を上から振り下ろしたのでしょう。もしかしたら力が入りすぎて、そんなことになったのかもしれません」

逆手に握った匕首を、上から背中に突き刺したということだろう。ということは、犯人は玄人《くろうと》ではないのかもしれない。玄人なら匕首を腰だめにして相手を刺す。殺しをもっぱらにする者が、誰かに頼まれてことに及んだという筋はかなり薄いといえるだろう。利聖はうらみで殺されたということか。犯人が十両を持っていかなかったことを考えても、そういうことかもしれない。

こほんと咳払いをして福斎が続ける。

「それでも、この仏さんを地面に倒すには十分な力があったのでしょう。おそらく、うつぶせになった仏さんの上に犯人は馬乗りになり、二度、匕首を突き刺しています。そのうちの一つは心の臓に達しています。これが仏さんの命を奪ったことになりますね。もう一つは、とどめということでしょう。もっとも、その逆で三撃目が心の臓に達したのかもしれませんが」

それはまた念を入れたものだ。

「背中のほかに傷は一つもありません」

そうですか、と富士太郎はいった。

「この仏が殺されたのは何刻頃でしょう」

軽く腕組みをして福斎が首をひねる。

「体のかたまり具合からして、昨晩の五つから八つのあいだではないかと思います。ただし、五つだと、仏さんは商売に精を出している刻限かもしれませんね。こちらはこの仏さんのお宅ですか」

「ええ、さようです」

昨晩の五つ頃、利聖がどこで商売をしていたかは、調べていけばはっきりするだろう。実際、利聖が商売に出ていたかどうか、決まったわけではない。按摩は金貸しをしている者も多い。懐に入っていた十両もの金は返してもらった金かもしれないのだ。ただ、利聖が金貸しをやれるほど富裕だったかどうか。按摩は検《けん》校《ぎょう》、別当《べっとう》、勾当《こうとう》、座頭《ざとう》と位階が分かれているが、だいたいの者は一生かかってもせいぜい座頭にしかなれない。金貸しをやれるのは、検校のような地位にいる者がほとんどなのだ。利聖の身につけている着物はそんなによいものとはいえない。羽二重は上物に見えるが、一つくらい贅沢《ぜいたく》はできるだろう。

もしかしたら、と富士太郎は思った。十両は脅し取ったものかもしれないね。按摩ならいろいろなところに出入りし、さまざまな噂を耳にすることもあるだろう。強請《ゆすり》の種には事欠かないのではないか。

とにかく利聖のことを徹底して調べ、犯人を捕縛しなければならない。

「樺山さま、ほかになにかございますか」

横から福斎が穏やかにきいてきた。

「いえ、もうありません。ありがとうございました。たいへん助かりました」

「では、これで失礼いたします。この仏さんのことは留書にまとめ、御番所に提出させていただきます」

「よろしくお願いします」

「では、手前どもはこれで」

一礼して、福斎と助手が路地を引き返してゆく。路地の先の通りには大勢の野次馬がたむろし、こちらを眺めていた。

もう朝の五つを過ぎているというのに、あの者たちはいったいなにをしているのだろう、と思わないでもないが、あくせくせずとも食っていけるのが江戸という町のいいところだ。働きたいときに働けば、一家の暮らしはなんとかなるものなのである。

こうして見ると、毎日一所懸命に働いている自分が馬鹿みたいに感じられてくるが、おいらたちが必死に働いているからこそ江戸の町人たちはああしていられるんだ、とも思う。江戸の者たちの安穏な暮らしを守ること。それこそが自分の仕事である。そのためなら、どんなに仕事がきつかろうとも富士太郎は決して苦にならない。むしろ毎日、寝《しん》に就くときの疲れが誇りですらある。

「旦那、どうかしましたかい」

珠吉にきかれ、富士太郎はにこりと笑った。

「いや、なんでもないよ。今日もがんばろうと思ったまでさ」

「ええ、がんばりやしょう。利聖さんの無念を晴らさなきゃなりませんからね」

深くうなずいて富士太郎は路地の出口の方に目をやった。

「そろそろ落ち着いたかな」

「あっしがちょっと様子を見てきやしょう」

「うん、頼むよ」

路地をさっと抜けた珠吉が野次馬をかき分けて向かいの家の前に立ったのが、長身の富士太郎には見えた。訪《おとな》いを入れた珠吉に応えて、すぐに戸があいた。珠吉が中に入ると、戸がさっと閉まった。

そのあいだに富士太郎にはしなければならないことがあった。

「ちょっと来ておくれ」

利聖の家の庭にいる町役人を呼び寄せた。五人の男が富士太郎の前に立つ。年寄りもいれば、三十代と思える男もいる。

「もう検死が終わったから、この仏を動かしてくれるかい。すまないけど、急いでおくれよ。できれば、ここのばあさんに見せたくないからね」

「承知いたしました」

すでに戸板が用意されており、手際よくのせられた死骸が家の中に運ばれてゆく。これからあわただしく葬儀の手配がはじまるのだろう。

戸が横に滑る音がかすかに聞こえ、富士太郎が顔を上げると、向かいの家の戸口に珠吉の顔があらわれた。その横にばあさんが立っている。腰はしゃんと伸びているが、さすがに疲れ切ったような顔をしている。

無理もないね、と富士太郎は思った。世話をしている人を失ったんだもの。しかも、遺骸を見つけてしまったんだから。

野次馬のあいだを再び抜けて、珠吉がばあさんを先導してきた。

「お待たせしました。おとらさん、こちらが八丁堀《はっちょうぼり》の旦那で、樺山さまとおっしゃる」

珠吉がばあさんに富士太郎を紹介する。

「よろしくお願いいたします」

か細い声でいい、おとらと呼ばれたばあさんが頭を下げる。しわ深い顔をしているが、頬の血色はよく、つやつやしている。歳は七十近いのだろうが、なにごともなければまだまだ長生きしそうだ。

「おばあさんはおとらさんというんだね。利聖さんのことは気の毒だったね」

心の底からの思いを富士太郎は伝えた。

「は、はい」

悲しみが新たになったようで、おとらが目頭を押さえる。しばらくうつむいていたが、静かに面《おもて》を上げた。目が真っ赤になっている。

「大丈夫かい。話ができるかい」

顔を寄せた富士太郎は気遣ってきいた。

「大丈夫です。なんでもお聞きください」

それでも富士太郎はしばらく間を置いた。おとらの唇の震えがとまり、顔に平静さが感じられるようになったとき、初めて質問を開始した。

「おとらさんは、いつも何刻にここに来るんだい」

「はい、六つ半くらいです。けっこうゆっくりです」

「それは、利聖さんの仕事が夜遅くて、朝はゆっくりと寝ていることが多いからかい」

「はい、さようです。利聖さんは六つには起きようとしていたみたいですけど、だいたい五つ近くまで寝ていることが多いのです」

「起きたらすぐに朝餉《あさげ》かい」

「いつも五つ頃までにつくっておくようにしていました」

「おとらさんは、朝餉をつくったあとはどうするんだい」

「掃除や洗濯、昼餉の支度《したく》をします。昼餉はあたしも利聖さんと一緒にとらせてもらっていました。昼餉のあとは利聖さんの着物の手入れ、手ぬぐいや雑巾の裁縫《ほう》をしたりして、そのあと夕餉の支度にかかります。それが終わって湯屋に利聖さんを連れていきます。利聖さんは私の分まで湯屋代を出してくれましてね。本当に優しい人だったのに、どうしてこんなことに……」

両手で顔を覆っておとらが泣きはじめた。

となると、と富士太郎は思った。利聖は強請をするような男ではないのかもしれない。いや、だが実際に刃物で刺し殺されているのである。おとらには優しい男ではあっても、やはり裏でなにかしていたと、今は考えるしかないのだ。

「おとらさん、利聖さんは毎晩、商売に出かけていたのかい」

おとらの泣き声がやんだところを見計らって、富士太郎はたずねた。

「だと思います。でも利聖さんが出かけるのはあたしが帰ったあとなので、本当に毎晩だったのかは正直わかりません。休みたい日もあったでしょうから」

「商売には何刻頃に出かけていたんだい」

「六つ前に夕餉を済ませて、そのあとでしょうね。多分、六つ半頃にこの家を出ていたのだと思います」

「おとらさんは、夕餉も利聖さんと一緒にとっていたのかい」

「はい、さようです。あたしの亭主はずいぶん前に逝《い》っちまったもので、帰ってもあたし一人なものですから、利聖さんが寂しいだろうと哀れんでくれて、そうしたほうがいいよ、といってくれたんです」

なるほど、と富士太郎は相槌《あいづち》を打った。

「おとらさんは優しい人だといったけど、利聖さんがうらみを買っていたというようなことはないかい」

大きく目をみはり、おとらが顔を上げた。

「いえ、一度も聞いたこと、ありません」

「ふむ、そうかい。だが利聖さんが殺されてしまったということは、なにかあったからにちがいないんだ」

「物取りにやられたということはないんですか」

「それはちと考えにくいな」

「そうなんですか」

「こいつが、利聖さんの懐に残されていたからね」

富士太郎が取り出した袱紗包みに、おとらが目を当てる。

「この中に十両入っている。物取りならば、これを持っていかぬという手はない」

「十両……」

　ごくりと唾を飲んだおとらの口が、生き物のようにわななく。

「おとらさん、この十両もの大金になにか心当たりはないかい」

「ありません」

　間を置くことなく、おとらが答えた。

「利聖さんは、稼ぎはそこそこありました。ですから、貧乏ということはないんですけど、だからといって、金回りがいいというほどでもありませんでした。あたしはこの家で、小判を拝んだようなことは一度もありません」

「座頭といえば、金貸しがすぐさま思い浮かぶけど、利聖さんがそれを副業にしていたということはないんだね」

「ええ、おっしゃる通りです。利聖さんは、お金を人さまに貸せるほどの稼ぎがあったとは思えません」

　やや強い口調でおとらが断言する。

「そうか、わかったよ。――利聖さんは流しの按摩だったんだね。それでも、よく呼んでくれる贔屓《ひいき》のお客がいたと思うんだ。おとらさんは、そういうお客に心当たりはないかい」

「利聖さん、腕は確かでしたから、得意先はけっこう多かったと思います。でもどんなお客さんがついているのか、あたしに話してくれたことは、ほとんどありませんでしたよ」

「それじゃあ、昨晩、利聖さんがどこへ向かったのかもわからないということかい」

「はい。なにもお役に立てず、すみません」

おとらがぺこりと頭をさげた。

「いや、謝ることはないよ」

笑顔でいって、富士太郎は目の前の家を見やった。それからおとらに目を戻し、新たな問いを発した。

「利聖さんに血縁は」

「家人とは、幼い頃に死別したといっていました。生まれつき目が見えなくて、縁戚《えんせき》のことを知る間もなく、按摩の人たちの座に入れられたとのことですよ」

「では、縁者というべき者が利聖さんを訪ねてきたことはないんだね」

「はい、ありません」

「縁者以外で利聖さんを訪ねてくる者はあったかい。友垣とか」

いいえ、といっておとらがかぶりを振る。

「あたしがこの家にいるあいだに訪ねてくる人はほとんどいませんでした。ときおり、按摩仲間が一人やってくるくらいでした」

「その人の名を知っているかい」

「堅斎《けんさい》さんです」

住みかがどこかも、おとらが教えてくれた。珠吉が矢立《やたて》を使い、帳面に書き記している。

「おとらさん、家の中を見たいんだけど、かまわないかな」

珠吉が書き終えたのを確かめてから、富士太郎は丁重《ていちょう》に申し出た。

「ここはあたしの家じゃありませんから、あたしが許すも許さないもないでしょう。でも、利聖さんの無念を晴らすには、一刻も早くお役人に下手人《げしゅにん》を捕まえてもらわなきゃ。あの世にいる利聖さんも、家の中を見せることは、きっといやとはいわないでしょう」

おとらの先導で富士太郎たちは家の中に入った。線香《せんこう》のにおいが漂っている。

奥の座敷では町役人たちの手で布団《ふとん》が敷かれ、その上に利聖の遺骸が寝かされていた。

それに気づいておとらが枕元に正座した。まだ利聖の顔に白布はかけられていない。おとらが顔を寄せ、利聖をじっと見る。

「利聖さん、これまでいろいろありがとうね。あたしが仇討をしたいところだけど、さすがにそれは無理だわ。きっとお役人が利聖さんの無念を晴らしてくれる。利聖さん、安心して眠ってね」

おとらの目からまたも涙が流れはじめた。それを見て、富士太郎ももらい泣きしそうになった。おのこたる者、このくらいで泣いては駄目だよ、と自分にいい聞かせて、なんとか涙を抑え込んだ。

「じゃあ、行くからね」

利聖にいっておとらが立ち上がり、富士太郎たちを隣の部屋に連れていった。

「ここが利聖さんの部屋ですよ」

文机《ふづくえ》に箪笥《たんす》が置いてある。押し入れには布団が畳まれてあった。衣紋掛《えもんかけ》には、何着かの十徳が下がっていた。

「これだけかい」

「はい、利聖さんに家財らしいものはほとんどないんです。あったところでたやすくは使いこなせないからって、笑っていました」

そうかい、と富士太郎は答え、おとらさんになにか聞きたいことはあるかい、という意味を込めて珠吉に目をやった。珠吉がそれとわかる程度に首を横に振る。

「おとらさん、ありがとうね。今日はこれで引き上げるよ。またなにか聞きたいことができたら、訪ねるからね」

「はい、遠慮なくいらしてください」

「これから通夜の支度をしなきゃいけないね」

「そうですけど、そのほうが気が紛《まぎ》れてありがたいですよ。通夜や葬式にはこれまで数え切れないほど出ましたけど、あれは死んだ人のためではなくて、この世に残された者が区切りや踏ん切りをつけるための儀式ですね。あたしは出るたびにつくづくそう思います」

確かにそういう面はあるね、と富士太郎は思った。葬儀を行うことで、死者へのけじめがつくということはまちがいなくある。

「――ああ、そうか」

いきなりおとらが寂しそうにいった。

「どうしたんだい」

「ああ、いえ、もう食事の支度をしなくていいんだと思ったら、気が抜けてしまったんですよ。いろいろと食事には苦労したんです」

「利聖さん、好き嫌いがあったのかい」

「いいえ、好き嫌いのほうは、たいしたことはなかったんです。ただ、においにとても敏《さと》くて、ちょっとおかしいと、すぐにつくり直すようにいわれましたよ。正直、このくらい、どうってことないじゃないのって思ったこともありましたけど、もうあの言葉も聞けないんですねえ」

「料理屋に難癖をつけたりしたこともあったのかい」

「いえ、それはありませんでしょう」

誇るような調子でおとらがいった。

「利聖さん、外でご飯を食べることは滅多になかったですから。なんだかんだいって、あたしがつくったものがいちばん好きだったんですよ」

その後、富士太郎と珠吉は堅斎の家を訪れた。堅斎は、利聖の家から八町ばかり西へ行った一軒家に住んでいた。

「ごめんよ」

戸口に立った珠吉が訪いを入れる。

「はい、はい」

軽い調子の声とともに土間の奥の腰高障子《こしだかしょうじ》があき、一人の盲目の男が顔をのぞかせた。亀のように首を伸ばし、顔を小さく動かす。まるでにおいを嗅《か》いでいるかのような仕草だ。歳は四十前くらいだろう。やせているが、手はごつごつして、いかにも指の力は強そうだ。

「おっ、そこにいらっしゃるのはお役人ですね。中間さんも一緒だな」

えっ、と富士太郎は絶句しかけた。横で珠吉も瞠目《どうもく》している。

「おまえさん、なんでわかるんだい」

ふふ、と堅斎らしい男は、口をねじ曲げるようにして笑った。

「やっぱり当たりましたか。いや、なんといえばいいか、目の前に立っている人のかすかな影に色がついているような感じがするんですよ。これまでの経験から、この色をしている人はなにをしている人だって、当てはめていくんですよ」

「へえ、人影に色がついているのか。不思議なものだね」

「この世には、不思議なことはいくらでもありますからね」

「まったくだね。おいらは樺山というよ。中間は珠吉だ」

「手前は堅斎です。お見知りおきを。それにしても、お役人がなぜ手前のところにいらっしゃったんですか。初めてですよ。いや、まずはお入りください。外は寒いでしょう」

「ありがたいね」

狭い土間で雪駄《せった》を脱ぎ、富士太郎たちは上がり込んだ。腰高障子の奥は六畳間になっていた。隅に置かれた火鉢の中で炭が盛んに熾きていた。その上に鉄瓶がのせられ、しゅんしゅんと勢いよく湯気を飛ばしている。

珠吉が腰高障子を静かに閉め、富士太郎の横に正座した。堅斎はすでに膝をそろえて座っている。

「それで、なにゆえ樺山さまたちはいらしたのですか」

「人が死んだんだ」

すぐさま富士太郎はいった。

「えっ、誰が死んだんですか」

いいにくかったが、どのみちいつかは口にしなければならないことだ。富士太郎は冷静な口調で伝えた。

「ええっ」

目を大きくあけ、口を煮られた貝のようにひらき、堅斎は言葉をなくした。痛ましい思いで、富士太郎は目の前の男から目をそらした。珠吉は気の毒そうに見つめている。

「いつのことです」

我に返ったように堅斎が問う。

「今朝、遺骸が見つかった。死んだのはたぶん昨晩のことだよ」

「誰が殺したんですか」

「どうして殺されたと思うんだい」

「お役人がここにやってきたのは、そういうことでしょう」

なるほどね、と富士太郎は思った。

「それをいま調べている最中だよ」

「手前に話を聞きに見えたのですね」

そういうことだよ、と富士太郎はいった。

「利聖はどういうふうに殺されたんですか」

「刺し殺されたんだ」

「凶器は」

「匕首じゃないかって検死医師はいっている」

「どこを刺されたんです」

「背中だよ」

「さようですか。利聖は苦しまずに逝けましたか」

「おそらく」

「さようですか。それはよかった……」

そっとうつむいた堅斎が静かに涙を流しはじめた。富士太郎は静かに見守った。珠吉は身じろぎ一つせずに見ている。

「長いつき合いだったのですよ。幼い頃に同じ座頭に預けられましてね、徹底して指圧と鍼灸《しんきゅう》の技を仕込まれました。死にたくなるほどつらかったですけど、利聖と励まし合ってなんとか乗り越えられました」

「そうかい、そんなことがあったんだ。気を落とさないでおくれよ」

「はい、ありがとうございます」

静かに息を入れ、富士太郎は問いを発した。

「利聖さんにうらみを持つ者はいないかい」

「穏やかな男ですから、そのような者はいないと思いますよ」

「利聖さんが、なにか諍《いさか》いを起こしたようなことは」

下を向き、堅斎はしばらく考えていた。

「一度ありますね」

「どんなことだい」

「縄張《なわばり》争いですよ。利聖が流して回っていて、縄張を荒らしたといった者がいたのです」

「その者は利聖さんにうらみを抱いていないのかい」

「抱いていたかもしれませんが、殺すことは無理でしょうね」

「盲目だからかい」

「目が見えないから人は殺せないということはありませんよ。ですが、利聖の諍いの相手は、すでに鬼籍《きせき》に入っておりますから」

「その人はいつ亡くなったんだい」

「一年ばかり前ですよ。風邪をこじらせましてね、あっさりと逝っちまいましたね。利聖は葬儀に参列しましたよ」

「ほかに諍いのようなことはなかったかい」

「ありませんね。少なくとも、手前は耳にしたことはありません」

少し考えてから富士太郎は方向を変えた。

「利聖さんに得意客はいたかい」

「ええ、いましたよ」

「教えてくれるかい」

「手前が知っているのは、ただの一人ですよ。玉岡屋《たまおかや》さんという商家のあるじです。名は確か俊左衛門《しゅんざえもん》さんでしたね」

「玉岡屋なら、おいらも知っているよ。店はあまり大きくないけど、俊左衛門さんが商売熱心で、いい味噌だけを扱っている。そうか、玉岡屋が利聖さんの得意客の一人だったのか」

「話を聞きに行かれますか」

「うん、そのつもりだよ。ああ、そうだ。利聖さんの縄張がどのあたりか、教えてくれるかい」

「お安い御用です。小石川《こいしかわ》や根岸のほうを流していましたよ」

「なかなか広いね」

「さまざまな場所に足を運ばないと、今は不景気なんで、なかなかお客さんに呼んでもらえないんですよ」

「そうなんだろうね。早く景気がよくなるといいね。――堅斎さん、いろいろと話を聞かせてくれて、ありがとね。元気を出しておくれよ」

「はい、ありがとうございます。今は悲しくてなりませんが、ときがたてば、きっと元気も出てくるでしょう。ときこそが最高の良薬でしょうから」

その通りだね、と富士太郎は思った。酒に頼っても悲しみは忘れられないし、どんなに優しい慰めの言葉をかけられても心は癒やされない。結局は、ときがたつのを待つしかないのだ。

「堅斎さん、では、これでね」

声をかけて富士太郎は立ち上がった。珠吉も続く。

「樺山さま、下手人を捕らえてください」

富士太郎に向けて涙に濡れた顔を上げ、堅斎が懇願する。

「まかせておくれ」

胸を叩いて富士太郎は請け合った。

「必ず引っ捕らえるよ。そのとき知らせに来るからね」

「お待ちしております」

畳に両手をそろえ、堅斎が深々とこうべを垂れた。

もう一度礼をいって、富士太郎と珠吉は外に出た。相変わらず寒風が吹きまくっているが、不思議と寒さは感じない。

砂埃を巻き上げる風に負けることなくずんずんと歩き、玉岡屋の前にやってきた。長い暖簾が波打つように激しく揺れている。

「ごめんよ」

暖簾をくぐって中に入ると、味噌のにおいに全身が包まれた。味噌の入った大樽が四つ、土間にでんと鎮座している。三人の大人が手をつないでも、届かないのではないかと思える大きさである。

「これは樺山さま、よくいらしてくれました。珠吉さんもようこそ」

帳場格子の中にいた古株の番頭が土間に下りてきて、挨拶する。

「うん、玄吉《げんきち》さんも息災そうでなによりだね」

「はい、おかげさまで。して、今日は何用でございましょう」

「俊左衛門さんに会いたい。殺しがあってね、話を聞きたいんだ」

「殺しですか。うちの旦那さまになにか関わりがあるのですか」

「殺されたのが、按摩の利聖という人だ。玄吉さんは知っているかい」

「はい、存じております。旦那さまが贔屓にされていますから。さようですか、あの利聖さんが……」

　呆然とした口調で玄吉がいう。

「俊左衛門さんは、利聖さんをよく呼んでいたのかい」

「はい。よくというべきなのか、十日に一度くらいでしょうか。疲れが出ると、利聖さんに来てもらっています」

「そうかい。ともかく、俊左衛門さんを呼んでくれるかい」

「それが旦那さまはいま留守にしているのでございますよ」

「いつ戻るんだい」

「予定では明日の昼過ぎです」

「どこに行っているんだい」

「商談で上総《かずさ》に行っております」

「上総かい。それは仕方がないね。出直すしかないね」

「申し訳ございません」

　すまなそうに玄吉が腰を折る。

「いや、玄吉さんが謝ることはないよ。俊左衛門さんはいつから上総に行っているんだい」

「三日前からです」

「じゃあ昨晩、利聖さんは来ていないんだね」

「はい、おっしゃる通りでございます」

「明日の夕刻にでもまた来てみるよ。俊左衛門さんが帰ってきたら、そのことを伝えておいてくれるかい」

「承知いたしました」

「じゃあ、また明日」

「はい、お待ちいたしております」

珠吉をうながして、富士太郎は外に出た。張り切っていた分、相手が不在だったせいか、今度は風の冷たさが身にしみた。

「うー、寒いねえ、珠吉」

「旦那、なに情けないことといっているんですかい。そんなんじゃ、江戸の平安を守ることなんかできやしませんぜ」

「珠吉はこの寒さが平気なのかい」

「当たり前ですよ。へっちゃらです」

「すごいねえ」

「鍛え方がちがいますからね」

「おいらも珠吉を見習わなくっちゃね」

「それで旦那、これからどうしますかい」

「うん、そうだね」

腕組みをして富士太郎は眉根を寄せた。

「こうなったら、地道にこつこつやるしかないだろうからね。昨晩、どういう道筋を利聖さんがたどったか、調べてみようと思う。巾着に四十八文が入っていたということは、どこかで仕事をしているのはまちがいないからね」

「そのお客が利聖さんを害したかもしれませんしね」

「うん、その通りだよ」

「じゃあ、いったん利聖さんの家に戻りますか。そこから利聖さんの縄張を当たっていきましょう」

「うん、わかった。そうしよう」

剃刀《かみそり》のように鋭く斬りつけてくる冷たい風に負けじと、富士太郎と珠吉の二人は利聖の家に向かって歩きはじめた。

三

やや甘ったるさを感じさせるにおいが漂っている。

「伊右衛門《いえもん》さん、お加減はいかがですか」

枕元に座り、平川琢ノ介は静かに声をかけた。枕の上で顔を動かし、伊右衛門がにこりと笑う。

「米田屋さん、よく来てくれました」

この呼ばれ方に琢ノ介は慣れずにいる。光右衛門の長女のおあきと一緒になり、米田屋に入ったとはいえ、もともとは侍だったのだ。まさか口入れ稼業の修業をする日がこようとは夢にも思わず、米田屋という呼ばれ方は、まだ自分の中ではしっくりこない。

「伊右衛門さん、お邪魔ではなかったですか」

「いや、横になっているだけで、たいして眠れませんからね。こうしてお話ができるのは、とてもありがたいですよ」

伊右衛門は青い顔をしている。肌がかさついており、生気を失ったような顔色をしている。唇も紫色になっており、声にも艶や張りが感じられない。

「口入屋としてお世話をさせてもらった人の奉公先がどうしても気になるものですから、元気にしているか、おさよさんの様子を見に来たのですが、よもや伊右衛門さんが風邪を引いているとは思わなかったですよ」

油問屋の福天屋《ふくてんや》の隠居伊右衛門の妾《めかけ》奉公におさよを世話したのは、琢ノ介の初仕事だった。

世話をした者の面倒をとことん見るというのは、琢ノ介が口入れ稼業の師匠と仰いでいる菱田屋《ひしだや》紺右衛門《こんえもん》の教えである。

「面目ない」

首をひねって伊右衛門が自らを恥じる。

「歳を取って、手前もまったく弱くなったものですよ」

「風邪は仕方ないでしょう。どんなに頑健《がんけん》な人でも引きますからね」

「しかし、手前は隠居する前は風邪など寄せつけませんでしたよ。こんなふうに寝込むなど、滅多にありませんでした」

「しかし、今でも福天屋さんの舵取《かじと》りをしているのは、伊右衛門さんではありませんか」

「いえ、もうちがいます」

「とおっしゃると」

「手前に三十一になるせがれがいることは、ご存じですね」

「はい、知っております」

「つい先日、手前はそのせがれにすべてを譲ったのですよ。もう福天屋とは縁切りです。もうあの店は手前の手から離れました」

「それはまた思い切られましたね」

「いつまでも手前のような古い者が、店の采配《さいはい》を振ってもしようがありませんからね。これからは若い者が道を選び、自分の力で進んでゆくべきです」

「それだけご子息に力があるということを、伊右衛門さんがお認めになったからでしょう」

「いえ、せがれはまだまだですよ。しかし、いつかは手前もあの世に行きます。せがれが一人前になる一番の手立ては、手前が身を引くことだと覚悟しましてね。とにかく米田屋さん、風邪には気をつけてくださいね」

「はい、わかりました。気をつけます」

「手前はもう三日も寝ているのですよ。眠れないのも当たり前だと思いませんか。もう飽きました。だいぶよくなってきてはいるのですけど、まだ熱があるようで、体の節々《ふしぶし》が痛くて、起きられるようになるまでしばらくかかりそうですね」

「熱ですか。お医者には」

「診《み》てもらっていますよ。これまで二度、来ていただきました」

「薬は」

「おさよがつくってくれているものを飲んでいます」

「えっ、おさよさんが薬を。ああ、お医者が出した薬を煎《せん》じているのですね」

「いえ、ちがいます。おさよの実家で用いられていた薬だそうです」

「えっ、では独自の調合ということですか」

「ええ、さようです。においはひどく甘いのですが、味は恐ろしく苦い代物《しろもの》です」

「では、このにおいはその薬湯のものですか。伊右衛門さん、効きますか」

「ええ、効いていると思いますよ」

「それならばよいのですが」

六畳の部屋には二つの大火鉢が置かれ、ほっとするようなあたたかさをじんわりと送ってきている。そこに用いられている炭も、きっと庶民が見たことのないほど上質なものなのだろう。福天屋はとにかく富裕なのだ。いくら店のすべてをせがれに譲ったとしても、伊右衛門はまとまった財を自らのものとしているはずなのだ。

「旦那さま」

腰高障子の向こうから女の声が届いた。

「おさよかい。お入り」

慈父のような優しい声を出して、伊右衛門が若い妾をいざなう。

「失礼いたします」

腰高障子をあけて、おさよがしずしずと入ってきた。盆を手にしている。その上に鉄瓶と湯飲みがのっていた。枕元に進んで、おさよが正座する。もう挨拶は済んでいるが、琢ノ介にていねいに辞儀してきた。にこりとして琢ノ介は一礼を返した。

「旦那さま、薬湯をお持ちしました」

その言葉を聞いて、伊右衛門が少しだけけいやそうな顔をした。

「またそれを飲むのかい」

「お飲みにならないと風邪が治りませんから」

「苦いんだよ、それは」

「良薬は口に苦し、ということわざを旦那さま、ご存じないのですか」

「知っているが……」

「飲んでもらわないと困ります」

　しばらく黙っていたが、やがて伊右衛門が口をひらいた。

「わかったよ」

　花ひらいたようにおさよが破顔する。

「その笑顔見たさに、ついいってしまうんだよ。悪い女だ」

　ふふ、とおさよがうれしそうに笑う。

「うれしい」

「さあ、起きてください」

　手を伸ばし、おさよが掛布団をそっとはぐ。考えてみれば、この掛布団も庶民は使わない。たいていの者が搔巻《かいまき》を着て寝ているのだ。

　寝返りを打つようにまず横向きになってから、伊右衛門がゆっくりと起き上がる。伊右衛門の背中にまわり、おさよがそれを手伝う。かいがいしさがずいぶんと自然な感じがする。二人はだいぶなじんでいるのだ。

布団の上に起き上がった伊右衛門に、おさよがどてらを着せる。

「寒くありませんか」

「うむ、あたたかい。――米田屋さん」

唐突な感じで伊右衛門が呼びかけてきた。

「このどてらですが、おさよが心を込めてつくってくれたものですよ」

「えっ、それはすばらしい。うらやましいですなあ」

「米田屋さんは、確か、お嫁さんをめとられたばかりでしたね。つくってはもらえませんか」

「縫物はよくしていますが、繕《つくろ》い物が主で、着物をつくっているところは見たことがありません。おさよさんはたいしたものですよ」

心の底からうれしげに伊右衛門が笑う。

「旦那さま、これをどうぞ」

薬湯の入った湯飲みをおさよが差し出す。

「ああ、そうだったね。忘れていたよ」

湯飲みを受け取り、伊右衛門が口に近づける。くんくんと鼻を鳴らしてにおいを嗅ぐ。

「香りはいいのだがなあ」

「早くお飲みになってください」

怖いほど真剣な目でおさよがうながす。

「ああ、わかったよ。そんな顔をしないでおくれ」

目から力を抜き、おさよが表情をゆるめる。

「すみません、私、そんなに怖い顔をしていましたか」

「いや、そんなことはないよ」

覚悟を決めたように伊右衛門が大きく息をつき、湯飲みを傾けた。なめるように薬湯を飲んでゆく。

「うー、苦い」

渋い顔をして伊右衛門がおさよを見る。

「いったいなにが入っているんだい」

にこりとしておさよが首を振る。

「それは秘密です」

「米田屋さん、これなんですよ。いくらいっても、教えてくれないんです」

「心配なさらずとも大丈夫ですよ。変なものは一切入ってませんから」

「そりゃそうだろうけど……」

ようやく湯飲みを空にした伊右衛門の顔色は、相変わらず青い。いや、むしろ青さを増しているような気さえする。

「旦那さま、まだ顔色がよろしくありませんね。横におなりください」

「ああ、わかったよ」

おさよの手を借りて、伊右衛門が布団に仰向けになる。おさよが掛布団をかける。

ふう、と伊右衛門が大きく息をつく。

「ああ、こうして横になると、やっぱり楽だなあ」

「旦那さま、早く風邪を治してくださいましね。私、一緒にご飯を食べたくてなりません」

「そうだな。わしもおかゆと梅干しにはもう飽きたよ。おいしいものをおさよと一緒に腹一杯食べたいものだ」

「食欲が出てくればしめたものですよ」

伊右衛門とおさよを交互に見て、琢ノ介はいった。

「確かにそういうふうにいいますね。米田屋さん、この風邪もあと少しの辛抱ですかな」

「その通りですよ」

請け合うようにいって琢ノ介は頭を下げた。

「ご病気だというのに長居をしてしまい、まことに申し訳ありませんでした。手前はこれにて失礼いたします」

「ああ、なんのおもてなしもできませんで、こちらこそ申し訳なく思います」

「いえ、お気になさらず」

琢ノ介は静かに立ち上がった。

「では、ごゆっくりおやすみください」

「ありがとうございます」

おさよが琢ノ介のために腰高障子をあけた。

「かたじけない。——いえ、ありがとうございます」

くすりとおさよが笑いを漏らす。

「どうぞ、こちらへ」

長い廊下を先導するようにおさよが歩き出す。その後ろを琢ノ介はついてゆく。

「あれで伊右衛門さんは、よくなってきているのかな」

華奢《きゃしゃ》な後ろ姿に琢ノ介は小さく声をかけた。

「はい、顔色はまだまだ青いのですが、あれでもかなりよくなったほうです。最初に布団に横になった頃は、死人のようで、私はどうしようかと思いました。お医者が診て、お薬を出したのもよかったと思います」

「先ほど伊右衛門さんが飲まれた薬は、おさよさんの実家の秘薬と聞いたが」

「秘薬だなんて、そんな大層なものではありません。うちは二百十石の貧乏旗本でしたから、そんなものがあったらお金持ちになっていたでしょう。そうなれば、父もあのような古長屋で亡くなることもなかったし、兄が出奔《しゅっぽん》することもなかったでしょう」

そうだったな、と琢ノ介は思い出した。この娘は気の毒な身の上なのだ。一人になってしまい、米田屋に妾奉公を望んでやってきたのだ。ちょうどその数日前に琢ノ介のもとに、若い妾を世話してほしいと福天屋の隠居である伊右衛門がやってきていた。その二人を琢ノ介は結びつけたのだが、相性がとてもいいようで、伊右衛門とおさよは実に仲むつまじくやっている。

「だが、それならなにゆえ秘薬といっているのかな」

　当然の疑問を琢ノ介はおさよにぶつけた。

「旦那さまは、お医者の処方してくださった薬を一度お飲みになったきり、その後、まったく口にされなかったのです。私は心配でならず、お医者の薬に生姜《しょうが》を少し混ぜたのです。それを秘薬として出したら、旦那さまは飲んでくれたのです」

「ほう、そうだったのか」

「今も旦那さまは、いやいやながらもお飲みになっています。生姜には体を温める効用もあると聞きます。旦那さまの顔色が徐々によくなって、私はほっとしています」

「おさよさんは優しいな」

「とんでもない。当たり前のことをしているだけです」

「その当たり前のことができぬ者がこの世には多いのだ。おさよさんはたいしたものだ」

「いえ、そんなことはありません」

　戸口に着き、琢ノ介は雪駄を履いた。

「では、これで失礼します。伊右衛門さんの一日も早い快方を祈っております」

「ありがとうございます」

深々と腰を折っておさよが礼をいう。このあたりの物腰には武家娘らしい雰囲気が色濃く漂う。

「失礼する」

きびすを返して琢ノ介は戸口を出た。門番の年寄りが寄ってくる。

「お帰りですか」

はい、と琢ノ介は答えた。敷石を踏んで、冠木門《かぶきもん》のところまでやってきた。門番が琢ノ介の前に出て、門をあける。

「ありがとうございます」

丁重に礼をいって、琢ノ介は門を出た。

「お気をつけて」

背中に声がかかる。振り向くと、門番が琢ノ介を見送っていた。

「ありがとうございます」

先ほどと同じ言葉を返して琢ノ介は前を向き、歩き出した。

本当に気をつけねばな。

歩を運びつつ、琢ノ介は思った。ただし、命を守るべき得物《えもの》は、腰に差した脇差のみである。侍を捨てた以上、もはや両刀を帯びる気はない。おあきからも、まず逃げることを考えるようにといわれている。下手《へた》に刀を差していれば、刃向かいたくもなる。

自分は堀田正朝の一派から命を狙われる身である。この近所の高畠権現では、滝上鹿久馬と職人ふうの男二人に襲われ、危うく殺されそうになった。崖をすべり落ちたことでなんとか危機を避けることができたが、あんな目に遭うのは二度とごめんだ。もし高畠権現のとき同様、気をゆるめたら、それこそ命取りになろう。

せっかく惚れた女を妻にできたのだ。それでは死んでも死にきれない。

――いや、わしは死なぬ。そうよ、守るべき者ができたのだ。死ねるはずがない。

おあきの連れ子の祥吉《しょうきち》もなついてくれている。おあきと祥吉を守るためなら、自分はなんでもできる。

守らなければならないのは、その二人だけではない。光右衛門が命を張って守り続けた米田屋の暖簾を、この先わしが守っていかなければならないのだ。

光右衛門はいま重篤《じゅうとく》の身だ。治ればよいが、果たしてどうだろうか。よい薬はないのだろうか。水野伊豆守《みずのいずのかみ》の御典医である雄哲《ゆうてつ》からは、ないと聞かされている。光右衛門の余命は半年ほどともいっている。

あとたった半年で光右衛門がこの世からいなくなってしまうのか。冗談ではない。孝行したいのだ。このままではなにも恩返しできないままに、光右衛門をあの世に旅立たせてしまうことになる。

なんとかしたい。だが、いい手立てがない。必死になって探せば、著効《ちょこう》のある良薬が見つかるのではないか。風邪だって薬で治るのだ。胃の腑《ふ》のしこりだって治す薬があるのではないか。

そうだ、きっとそうに決まっている。わしは石にかじりついてもその薬を見つけてやる。

固い決意を胸に刻みつけたとき、琢ノ介は激しく咳き込む声を聞いた。どこだ、と首を回すと、十坪ほどの広さしかない稲荷《いなり》神社の境内で背中を丸めている侍がいるのが見えた。

咳はおさまらず、むしろひどくなってゆく。

わしを誘う手ではないのか。あの侍が実は刺客ということはないだろうか。

苦しみようは尋常ではない。本当に苦しんでいるのだとしたら、江戸の者として見捨てるわけにはいかぬ。

足早に境内に入り込み、琢ノ介は、膝をついて咳き込んでいる侍に声をかけた。

「もし、大丈夫でございますか。よろしければ、背中をさすって差し上げましょうか」

苦しそうな顔を上げ、侍が琢ノ介を見た。

「お、おぬしは――。げっ、げふっ」

それを合図にしたかのように、侍はまたもひどく咳き込みはじめた。

「失礼いたします」

右手を伸ばし、琢ノ介は侍の背中をそっとさすりはじめた。右手を動かしつつ、自分のことを告げる。

「手前は米田屋と申します。通りすがりの商人でございます」

その言葉が耳に届いたか、咳き込みながらも侍がかすかにうなずいたように見えた。

どれくらいさすり続けたものか、侍の咳がようやくおさまった。ふう、と胸に手を置いて、侍が大きく息を吐いた。

「やっと止まった」

「ようございました」

すっくと立ち上がった侍が琢ノ介を見つめる。目が鋭く、頬がそげている。精悍《せいかん》な顔つきだ。かなりやせており、両肩の骨が着物を持ち上げている。

先ほどの咳のせいかな、と琢ノ介は思った。目の前の侍は肺を病んでいるのかもしれない。ただし、腕はとんでもなく立ちそうだ。直之進といい勝負を演ずるのではあるまいか。それでも、粘り強さを加味すれば、直之進のほうが上だろう。琢ノ介自身、自分も相当しぶといと思うが、直之進ほど我慢強くへこたれない者はいない。あの男を負かすには、相当の腕のひらきがないとならないだろうが、それだけの腕を持つ者がこの世にいるとはとても思えない。

「かたじけない。おぬしのおかげで助かった」

凛《りん》とした声でいい、侍が頭を下げる。

「ときおり、ああして発作《ほっさ》がやってくる。だが前に比べたらだいぶましになったのだ。治る日も近いはずだ」

「その通りでございましょう」

きっと舅《しゅうと》どのの病も治る。琢ノ介は拳をぎゅっと握り締めて思った。

「おぬし、米田屋といったか」

「はい、小日向東古川町で口入屋を営んでおります」

「米田屋か……」

思い出そうとするかのように、侍が首をひねる。しばらく宙をにらみつけていた。

「ご存じでございますか」

「うむ、耳にしたことがあるような気がする」

目を琢ノ介に戻し、侍がじっと見る。

「口入屋なら、いずれわしも世話になるかもしれぬ。見ての通り、わしも浪人ゆえな」

「もしお仕事がご入り用でしたら、足をお運びください」

「うむ、そうさせてもらおう。小日向東古川町といったな」

「はい、その通りでございます」

「おぬしは恩人ゆえ、わしも名乗りたいところだが、ちと差し障りがあるのだ。すまぬな」

「いえ、けっこうでございます」

「寛恕《かんじょ》を請《こ》う」

礼儀正しく侍がいう。

「米田屋、では、これでな」

「はい、失礼いたします」

頭を下げて琢ノ介は、大股に境内を出てゆく侍を見送った。

よし、商売に精を出すか。

自らに気合を入れ、琢ノ介は赤鳥居をくぐって道に出た。寒風に逆らうようにして、足早に歩き出す。

四

足音が聞こえた。

宮寺厳之介《みやでらげんのすけ》は平伏した。

板戸がかすかにかすれたような音を発して、横に滑る。

ふわりとよい香りが漂ってきて、目の前に影が進んできた。静かに座ったのが知れた。

「厳之介、よう来た」

「遅くなりまして、申し訳ございませぬ」

「そのことはよい。厳之介、面を上げよ」

厳之介はいわれた通りにした。目の前に翁面《おきなめん》をかぶった者がいる。

「天馬《てんば》さま、息災に過ごされているご様子、安心いたしました」

天馬がわずかに首をひねる。

「そなた、やせたの」

「これでも一時よりは肉がつきもうした」

「食べておるのか」

「もちろんでございます」

「だが、そなたは昔から食が細かった。今でも同じであろう」

「昔よりは食べられるようになっております」

「もっと食べよ。食べねば、病に勝てぬぞ」

「すでに勝っておりもうす。病は完治いたしました。だからこそ、それがし、天馬さまのもとに参上した次第」

少しだけ身を乗り出し、厳之介は天馬を見つめた。天馬が正面から厳之介の眼差しを受け止める。

「天馬さま、おききしたいことがございます」

「なにかな」

「なにゆえそれがしが滝上鹿久馬の後塵《こうじん》を拝さねばならぬのか、ということにございます」

「厳之介、わけは存じておろう」

「病のせいでございますか。しかし、なんの病にもかかっていなかった鹿久馬は討たれたと聞き及びました」

「その通りだ。湯瀬直之進という男に討たれた。垣生高之進、足立仲之丞、山久弁蔵の三人も死んだ」

「なんと。その三人も湯瀬という男に討たれたのでございますか」

「そのようなものだ」

背筋を伸ばし、天馬が腕組みをした。

「確かにそなたがいれば、むざむざと鹿久馬を死なせるようなことにはならなかったかもしれぬ」

その通りだろうな、と厳之介は思った。

「天馬さま、ご安心あれ。湯瀬直之進はそれがしがあの世に送りますすゆえ」

「頼りにしておるぞ。厳之介、念を押すようだが、病は本当によいのか」

「はい、完治いたしております」

「まことか」

「嘘はつきませぬ」

「ならば、信じよう」

天馬が懐に手を入れ、三枚の人相書を取り出した。それを差し出す。膝行《しっこう》した厳之介はその三枚に目を落とした。

「その三人が標的だ。湯瀬直之進、平川琢ノ介、倉田佐之助《くらたさのすけ》。ほかにも淀島登兵衛《よどじまとうべえ》という者がいるが、そちらは手を打ってある」

「おっ」

我知らず厳之介は声を上げていた。

「どうした」

「この男……よく似ておる」

「誰のことをいうておる」

「平川琢ノ介でございます。先ほど会った男によう似ております。なりは町人ゆえ、人ちがいでございましょうが」

「その町人の名は」

「名は聞きませんでしたが、米田屋という口入屋だといっておりもうした」

むう、という声が天馬から漏れた。

「その米田屋が平川琢ノ介よ」

「まことでございますか」

「琢ノ介は米田屋に婿入りしたばかりなのだ」

さすがに厳之介は驚いた。

「では、平川琢ノ介は侍を捨てたということでございますか」

そういうことだ、と天馬がいった。

「だが厳之介、そなた、先ほど会ったともうしたが、どういうことじゃ」

「――道を聞きもうした」

本当のことをいうわけにはいかず、厳之介は理由をでっち上げた。

「それだけで向こうは名を教えたのか」

「気のよさそうな男だったゆえ、こちらから聞きもうした」

「そうか」

天馬の声は納得したものではない。

「平川琢ノ介は小日向東古川町にいると、それがし聞きもうした。他の二人の居場所はどこでございますか」

「湯瀬直之進も同じ町だ。倉田佐之助は千勢《ちせ》という妻とお咲希《さき》という娘と三人で音羽《おとわ》町の長屋に住んでいたが、行方をくらましておる。どこにいるか、それについてはいま調べを進めておる。近いうちに明らかになろう。そうなったら、そなたに知らせる」

「わかりもうした」

巌之介、と天馬が呼びかけてきた。

「そなた、秘剣があるそうだの」

「はい、ございます」

「見せてくれぬか」

「お安い御用にございます。得物は竹刀《しない》でございますか」

「そうだ。なにか不都合があるか」

「真剣のほうがよいのでございますが、竹刀でもなんとかなりましょう」

「秘剣の名は」

「つむじ風と申します」

「うむ、よい名だ」

二人は裸足で庭に出た。天馬から竹刀を受け取り、厳之介は正眼に構えた。天馬も同じ構えを取る。

ほう、と厳之介は心中で吐息を漏らした。さすがに剣豪として名高かった堀田正朝の直弟子だけのことはある。隙がまったくない。以前から強かったが、また腕を上げているのではないか。

「厳之介、なにをしておる。来い」

「承知いたしました」

正眼に構えた竹刀をいったん膝の高さにまで下げ、二度、三度と地面を払うように振る。それからすり足で前に進んだ厳之介は一気に上段に上げた竹刀を振り下ろした。天馬が打ち返し、竹刀がたわむような強い衝撃が手の中を走った。

――さすがだな。

竹刀を握り直し、厳之介は今度は胴に振った。それも天馬に弾き返された。目にもとまらぬ振り下ろしがやってきた。それをかわすことなく、厳之介は突進した。天馬の竹刀が厳之介の頭上に迫ったが、かまわずまたも胴を払った。

その直後、あっ、という声を厳之介は聞いた。厳之介の竹刀が天馬の体まであと一寸ばかりを残してぴたりと止まっていた。

天馬が息をのんで、目をしばたたいた。

「すごいな」

「竹刀は真剣にくらべ軽く、幅もあるゆえ大気を裂く動きが少々にぶります。これが真剣による実戦ならば、秘剣つむじ風はもっと威力を発揮しておりましょう」

「うむ、その通りであろうな」

満足そうに天馬がいった。

「そなたのつむじ風ならば、湯瀬直之進をあの世に送り込むことは、造作もあるまい」

天馬さまのおっしゃる通りよ、と厳之介も自信満々に思った。

第二章

一

——なにかがちがう。

目覚めたとき、直之進は感じた。布団に横になって天井を見つめ、なにが今までと異なるのか、考えてみた。

——ふむ、よくわからぬな。

命を狙われているような、邪悪な気配を覚えているわけではない。むしろ好ましいと思えるものだ。

これはいったいなんだろう、と思いつつ直之進は立ち上がった。搔巻を脱ぎ捨て、着物に着替える。いつもは冷え冷えとしている着物も、今朝はさほど冷たくは感じない。

土間に下り、柄杓《ひしゃく》を使って瓶《かめ》の水を飲む。冬の水は瓶に氷が張っているのではないかと思えるほど冷たくて苦手なのだが、今日はなぜか爽快さが体を走り抜けた。こんなことはなかなかないことだ。

その水を用いて米を研《と》ぐ。米を入れた釜を竈《かまど》にのせ、火をつける。江戸で暮らすようになり、飯炊《めした》きもずいぶんうまくなった。ご飯を炊くのはけっこうおもしろい。大事なのは火加減だろう。火を意のままにして、うまく炊き上がったときは、自分が名人になったような気さえする。故郷の沼里《ぬまざと》で妻だった千勢と暮らしていたときは、飯炊き一つにこんな楽しみがあるなど、考えたこともなかった。

米を水に浸しているあいだ、味噌汁をつくった。具材は葱《ねぎ》に大根、豆腐だ。具の取り合わせは考えない。なんでもよいから、具がたくさん入っているほうが好みである。

おかずは納豆《なっとう》だ。小鉢に入れた納豆に刻み葱を入れ、醤油《しょうゆ》を垂らす瞬間が大好きだ。それを炊き立てのご飯の上にのせて、かき込む。そのたびに日《ひ》の本《もと》の国に生まれてよかったと心から思う。

朝餉を終え、直之進は外に出て井戸端で顔を洗い、歯を磨いた。

「湯瀬の旦那、今朝は顔色がいいわねえ。なにかいいことでもあったのかい」

洗濯板で手ぬぐいをごしごしやっている長屋の女房の一人に声をかけられた。

「あったに決まってるじゃないの」

同じように洗濯している別の女房が、にやにやして断言する。

「米田屋のおきくちゃんとは許嫁《いいなずけ》の仲なんだから、いいことがないほうがおかしいわよ」

「まだ一緒になっていないのに、湯瀬の旦那たちは、もうしちゃったってことかい」

「あんただって、今の亭主と一緒になる前から、しちゃってたじゃないの。祝《しゆう》言《げん》を挙げるときには、こんなになっちゃってて」

女房の一人が、大きなお腹をかかえるような仕草をする。

「そうだったかねえ、昔のことは忘れちまったよ。だけど、湯瀬の旦那、顔に似合わずなかなかやるわねえ」

感心した目で女房が直之進を見る。

「そりゃそうよ、湯瀬の旦那はやるときはやるのよ。ねえ、湯瀬の旦那」

「いや、まあ、そうでもないがな」

「ねえ、湯瀬の旦那、本当のところはどうなのさ。もう済ませたんだろ」

井戸端での楽しげな話を聞きつけたのか、新たな女房がやってきて輪に加わった。

「あたしも知りたいわ。ねぇ、湯瀬の旦那、どうなの」

まいったな、と直之進は手ぬぐいで顔をごしごしふきつつ思った。

「そ、その辺のことは、もう、よかろう」

くるりときびすを返すや、足早に自分の店《たな》を目指した。

「湯瀬の旦那、逃げたわね」

背中に女房の声がかかる。

「家人も同様なんだから、あたしたちに遠慮する必要なんかないのに」

「舌がもつれていたわよ。湯瀬の旦那って、かわいいわね」

「そのかわいさに米田屋の娘さん、やられちゃったんだよ」

戸をあけ、身を入れるや直之進は素早く閉めた。やれやれ、とつぶやいて額に浮いた汗を手でぬぐった。毎朝、あの手の話の繰り返しだから、できれば女房たちの前には出たくないのだが、井戸以外、顔を洗えるところはない。裏表がなく気持ちのよい者ばかりで、面倒見もよいのだが、あのあけすけぶりやあっけらかんとしたところは、沼里にいたときには、およそお目にかかったことがない。いまだにあまり慣れずにいる。

草履を脱ぎ、畳に上がった。刀架《とうか》の刀を手に取り、直之進は腰に帯びた。おや、と思った。目覚めたときに感じた、なにかがちがうという意味がわかったような気がする。

――この刀か。

部屋の中で、抜いてみた。

刀から、和四郎《わしろう》の声が聞こえるようだ。直之進はおとといからこの刀とともにときを過ごしているのだが、長年帯び続けた愛刀のように一つになれたような感じが出てきている。和四郎の魂が、この刀に宿っているのではないか。きっと和四郎が力を貸そうとしてくれているのだ。心強いことこの上ない。

もっとも、このようなことは、誰にも話せることではない。話す必要もない。

自分だけがわかっていればよいことだ。

刀を斜めに振り下ろした。

すぐさま引き戻し、正眼に構え直す。

うむ、と直之進は大きくうなずいた。

――やはりよい。

和四郎の人柄をあらわしているかのように、深い色をした刀身は冴え渡っている。青みがかった刀をじっと見ていると、そこに和四郎の顔が映り込んでいるような気さえする。

――和四郎どのは死んだ。

それは紛れもない事実だ。もう二度と会えぬのだと思うと、涙がにじむ。だが、いつまでも泣いてはいられない。和四郎の仇を討つためには、堀田家残党の黒幕を捜し出さなければならない。

銘《めい》は、越前守《えちぜんのかみ》重満《しげみつ》とある。直之進が知らない刀工だが、きっとすばらしい力量を誇っていたのだろう。この刀がいつの時代のものかもわからないが、鎌倉に幕府があった頃のものではないかと、直之進は勝手に考えている。

草履を履いて、外に出た。女房たちはまだ井戸端にいて、かしましく話を続けている。直之進に気づき、笑って手を振ってきた。直之進も笑い返し、右手を掲げた。それから長屋の木戸に向かい、その下をくぐり抜けた。さすがにほっとする。

登兵衛のことが脳裏に浮かんだ。登兵衛どのは、と口に出して直之進は西の空を見やった。どのあたりまで進んだだろうか。

いま旅の途上である。供を一人連れて登兵衛が目指しているのは、信州の諏訪《すわ》だ。甲州街道をひたすら馬で行くといっていた。徒歩ならば道中四泊しなければならないが、馬を使って急げば二泊で済むという。

登兵衛としては一刻も早く諏訪に着き、調べを開始したいのだろう。昨日の早朝、田端《たばた》の別邸を出立したはずだから、あともう一泊だ。順調にいけば、明日の夕刻から夜には諏訪に着ける。

――登兵衛どのは、諏訪でなにかつかめるだろうか。

おととい、登兵衛から話を聞いた限りでは確かに諏訪は怪しい。

諏訪家の高島城《たかしまじょう》に預けの身となっていた堀田家の姫が、凍りついた諏訪湖に身を投げたというのだ。果たして、武家の者が自死するときに、そのような形を選ぶだろうか。

姫が湖に身を投げたとき、それを目の当たりにした者が四人いた。いずれも江戸の町人で、いちばん寒い時季に善光寺《ぜんこうじ》参りに出た酔狂《すいきょう》な者たちらしい。その四人はわざと身投げを見せられたのではないでしょうか、と登兵衛はいっていた。

つまり死んだのは姫ではなく、別人ということだろう。誰か身代わりに仕立てられた者がいたことになるのだ。

もし死んだのが別人だとして、姫は今どこにいるのか。江戸にやってきているのか。そうとしか考えられない。

姫の名は、得子《とくこ》。得姫《とくひめ》と呼ばれていたらしい。

この姫が黒幕なのだろうか。

まだ結論は下せない。その姫のことを調べるために、登兵衛は諏訪へ旅立ったのだ。当地で詳細に調べれば、どんなことが起きたのか、きっと判明するにちがいない。わかったことは逐次《ちくじ》、早飛脚《はやびきゃく》で知らせてくれる手はずになっている。

得姫が黒幕であるのがはっきりした場合、すぐさま馬を飛ばして江戸に戻ってくるつもりですと登兵衛はいった。早飛脚を出すより、そのほうが確かに早いかもしれない。飛脚は当てにならない場合が多いのだ。

音を立てて吹きつけてきた風が着物に絡みついてくる。和四郎の刀の霊験《れいげん》が薄れたわけではなかろうが、直之進は早くも寒さを感じはじめている。

江戸は寒い。暦《こよみ》は春だといっても、名ばかりである。空に雲はほとんどなく、蒼穹《そうきゅう》が覆い尽くしている。太陽は家々の屋根を乗り越えつつあるが、夏の半分の活力もなく、直之進が悲しくなるくらいの熱しか送ってこない。

こういうとき、沼里が恋しくなる。沼里も冬のあいだは寒いが、江戸ほどではない。沼里は十年に一度くらいしか雪は積もらないが、江戸は年に二、三回は必ず大雪になる。しかも、年明けに多い。きっとこれから、二度は積もることになるだろう。覚悟しておかなければならない。

だが俺は、と直之進は思った。寒いなどといっていられないのだ。和四郎は、俺と同じように寒がりだっただろうか。

思い出せない。だが、きっとどんなに寒くとも弱音は吐かなかっただろう。

俺も同じようにせねばならぬ。

人相書の職人ふうの男を追う。今の自分にできることはそれしかない。だが、そうするのであれば、訪ねておかねばならないところがある。

小日向東古川町の長屋をでてからほどなくして、直之進は足を止めた。桂庵《けいあん》米田屋と記された小さな招牌《しょうはい》が路上に出ている。風に揺れている暖簾を払い、直之進は中に入った。

客は一人もおらず、土間はがらんとしている。雑巾を手にして、一所懸命にふき掃除をしている一人の娘がいた。そばに水の入った桶が置かれている。水は凍えるほど冷たかろうに、その熱心な掃除ぶりに直之進は見とれた。陰日向《かげひなた》なく働くその姿が誇らしい。この娘が我が妻になってくれるのだ。

雑巾をすすごうとして、おきくがはっとした。ぱっと顔が輝く。

「直之進さん」

「おきくちゃん、おはよう」

「おはようございます」

濡れた手をおきくが手ぬぐいでふく。

「冷たかろう」

直之進は歩み寄り、おきくの手をぎゅっと握った。案の定、冷え切っている。

「直之進さんの手はあたたかですね」

「寒い中、歩いてきたから冷たいかと思ったのだが。まあ、おきくちゃんの手が冷たすぎるのだろう」

おきくの瞳が潤んでいる。

「こうしていると、幸せです」

「俺もだ」

「なにか今日の直之進さんはちがいます。なんといえばいいのか、後光《ごこう》がさしているようです」

ああ、そうなのか、と直之進は思った。おきくにも感じられるということは、今も和四郎の霊験は続いているのだ。和四郎に守られていると思うと、元気が出てくる。手があたたかいのも、和四郎のおかげだろう。

こうしていると、桃色の唇を吸いたくなる。直之進は顔を寄せかけた。おきくも目を閉じようとする。

だが、この家には人の気配が満ちている。誰がこの場に姿をあらわすか知れたものではない。案の定、こちらにやってくる大きな足音が聞こえた。

おきくが名残惜しそうに直之進から離れる。仕方あるまい、という思いを抱きつつ直之進は足音のするほうを見やった。この重たそうな足音の主は、まちがいなくこの先米田屋を継ぐことになる男のものだ。

よかった、と直之進は安堵《あんど》した。昨日、見失ってから、なにごともなく戻ってきていたのだ。

「おっ、直之進ではないか」

土間に顔をのぞかせて琢ノ介がいった。

「こんなところでおきくとなにをしておる。唇を吸い合っておったのか」

「そ、そのようなことはしておらぬ」

豊かな頬をたるませて琢ノ介がにっとする。

「おぬしはうろたえると、必ずつっかえるんだ。今なにをしていたか、もはや自明のことだぞ」

「本当になにもしておらぬ」

「おきくは真っ赤になっておるぞ」

「すぐ赤面するたちなのだ」

「直之進が赤面するようなことをしおったのだろう」

「琢ノ介、しつこいぞ」

おっ、と琢ノ介が目をみはる。

「こいつは珍しい。直之進が癇癪《かんしゃく》を起こしおった」

「俺でも怒るときは怒る」

「そうか、怒ったか。それも照れ隠しゆえだろうが、まあ、よかろう。武士の情けだ。とはいっても、俺はもう侍ではないが」

首をひねり、琢ノ介が直之進を見つめる。

「それにしても直之進、どうして朝早くやってきた。最近では、なかなかないことではないか。なにかあったのか」

「おぬしのことで謝りに来たのだ」

なんだ、というように琢ノ介が首をかしげる。おきくも同じ仕草を見せた。

「土間で話すのもなんだ、直之進、上がれ」

うむ、とうなずいて直之進は草履を脱いだ。それをおきくがそろえる。それだけで直之進の心はあたたかなもので満たされた。

琢ノ介の背中を見て、直之進は廊下を歩きはじめた。

「米田屋の具合はどうだ」

ささやくように直之進はたずねた。琢ノ介の返事はわずかに遅れた。

「おぬしの顔を見れば、きっと元気になろう。話をする前に会ってやってくれ」

「むろん、そのつもりだ」

ほとんど毎日欠かすことなく直之進は光右衛門の見舞いに来ているが、昨日は足を運べなかった。このところ一進一退の病状が続いているが、昨日から今日にかけてはあまりよくないのかもしれない。

つと琢ノ介が足を止め、腰高障子越しに声をかける。

「舅どの、直之進が来た。あけてよいか」

「湯瀬さまが。もちろんですよ」

意外に張りのある声が返ってきて、直之進はほっとした。体が弱り、死期が近づくと、人というのは声も出しにくくなるものだと雄哲がいっていた。声を出すのも大儀そうになったら、その人は危ないとのことだ。その点でいえば、光右衛門はまだまだ大丈夫ということになる。

失礼する、といって琢ノ介が腰高障子を横に滑らせた。むっとするような薬湯のにおいが漂い出てきた。ほの甘さが感じられ、いやなにおいではないが、どこか鼻を突く苦みもあり、飲んでもうまくないのは確かだろう。

「ああ、湯瀬さま」

うれしげな声を発した。光右衛門はすでに布団の上に起き上がっている。

「あら、丹前《たんぜん》もかけずに」

あとから入ってきたおきくが光右衛門のうしろに回り、畳の上の丹前を肩にかける。

「体を冷やすのが一番いけないって、雄哲先生もおっしゃっていたじゃないの。おとっつあん、寒い思いをしては駄目よ」

「すまんな、おきく。湯瀬さまがいらしたと聞いてうれしくて、つい忘れた」

「次からはちゃんとしてね」

「うむ、わかっておるよ」

「いつも返事だけはいいんだから」

「湯瀬さま、こんなにうるさい娘を妻にしてよろしいのですか」

「おきくちゃんは、おぬしのことを思っていっているだけだ。うるさいなどというと、罰《ばち》があたるぞ」

「おっと、湯瀬さまの矛先《ほこさき》までも向けてしまいましたか」

「直之進は堅物《かたぶつ》だからな」

横から琢ノ介がしたり顔でいう。

「うるさいぞ、琢ノ介」

「うるさいのはおまえだ、直之進。病人の前で声を荒らげおって」

「おっ、これはすまぬ」

口をつぐみ、姿勢を正した直之進を見て、光右衛門がにこやかに笑う。肌はかさついており、顔色もよいとはいえないが、目の輝きはまだまだ失われていない。

ただし、おとといよりも痩《や》せたように見えるのは気がかりだ。琢ノ介も、光右衛門のこのあたりのことを案じているのだろう。

「いえ、いいのですよ。にぎやかなほうが楽しいですからな」

「米田屋、具合はどうだ」

光右衛門のそばに正座して直之進はきいた。

「ええ、ご覧の通り、だいぶよろしいですよ」

「食事は」

「毎日ちゃんといただいております」

首を動かし、直之進はおきくを見た。

「嘘ではありません。毎日三食ずつ、量は少ないですけど、しっかりとっています」

「それはよかった」

雄哲によると、声が出なくなるだけでなく、食べられなくなるのも病としてはいけないそうだ。ただし、食べるという行いは体にかなりの負担を強いるらしい。風邪を引いたときに食欲がなくなるのは、治ることに体がすべての力を注ごうとしているからですぞ、ともいっていた。食い気がないからといって、一概《いちがい》にすべて悪いとはいえないとのことだ。

いずれにしても、この分なら光右衛門が急に儚《はかな》くなってしまうようなことはあるまい。余命半年と雄哲から伝えられたとはいえ、いつか治る日が本当にやってくるかもしれない。いや、くるにちがいない。

「直之進、安心したようだな」

弾むような笑顔で琢ノ介が語りかける。

「うむ。食べられるというのは、とてもよいことだ」

「わしの舅どのはしぶとい男ゆえ、そうたやすくたばらぬ」

「俺もそう思う。米田屋は、その点に関しては実に頼もしい。もし万が一、江戸の町が大火に見舞われ、焼け野原になったとしても、一人しぶとく生き残るような男だ」

光右衛門が渋い顔をする。

「人をごきかぶりのようにいわんでください。しかし湯瀬さま、なんというか、今日はどこかまぶしいような感じですな」

「先ほどおきくちゃんにも同じことをいわれた。さすが親子だな」

にこにこと笑って、おきくが深くうなずく。

「湯瀬さま、手前どもは、なにゆえそう感じるのでしょうなあ」

この刀のおかげだ、と直之進は口にしようとしたが、その前におもしろくなさそうに頰をふくらませた琢ノ介がさえぎった。

「ふーん、そうなのか。わしにはちっともわからんがな。——それで直之進、話というのはなんだ。わしに謝りに来たといったが」

「おぬしに謝りに来たわけではない。おぬしのことで、皆に謝りに来たのだ」

「皆に。だったら、集まったほうがよいな」

腰も軽く琢ノ介が立ち上がり、出てゆく。すぐにおあきとおれんを連れて戻ってきた。祥吉は近所の友垣のところに遊びに行ったとのことだ。

光右衛門の部屋に、直之進を含めて六人が顔をそろえた。ああ、このまま永久にこういうときが続けばよいのに、と直之進は心の底から願った。

「舅どの、横になったほうがよかろう」

優しくいって琢ノ介が光右衛門を布団に寝かせる。すまぬのう、と光右衛門が礼を述べ、おとなしく布団に横たわる。

「直之進、よし、話をしてくれ」

こちらに向き直った琢ノ介がうながす。うむ、と直之進は顎を引いた。

「琢ノ介は知らぬだろうが、俺はおぬしの警護を引き受けていたのだ」

わずかに琢ノ介の腰が浮く。

「おあきどのに頼まれたのだ」

「そうだったのか」

意外そうに琢ノ介が自分の妻を見、それから直之進に目を戻した。

「直之進、おぬしは前もわしを守ろうとしてくれたな。おぬしが滝上鹿久馬を倒したことで、わしへの警護など、てっきりなくなったと思っていたのだが」

「滝上鹿久馬を倒したことで、この一件が終わったわけではない。俺と倉田佐之助も狙われているが、やはりおぬしが一番先であろう。おぬしは俺の大事な友垣だ。死なせるわけにはいかぬ」

「やつらにとって、腕の最も劣るわしがいちばん狙いやすいということか」

「いいにくいが、そういうことになる」

「直之進、いつからあとをつけていた」

「本腰を入れたのは昨日からだ。おとといは半日だけつけた。登兵衛どのの別邸に行っていたからな」

「なにをしに行っていたのだ」

「登兵衛どのから両刀をいただいたのだ」

脇に置いた刀に直之進はそっと触れた。

「火を放たれた道場に閉じ込められたとき、刀を折ったといったな。わしの刀を譲ってもよかったが、そうか、登兵衛どのからいただいたか。それにしても、拵《こしら》えからはなかなかよい刀に見えるな。名の知れた刀工のものか」

「それはわからぬが、和四郎どのの形見よ」

「ああ、そうだったか」

琢ノ介はすべて納得した顔つきになった。

「舅どのとおきくが、直之進が光り輝いているといったのは、その刀に宿る力が働いているからではないか」

「俺はそう思っている」

うむうむ、と琢ノ介が顎を上下させる。

「それでどうだ、直之進。わしをつけてみて、なにか気配を覚えたか」

「それがなにも感じなかった」

「直之進がなにも感じぬのならば、本当になにもないのだろう」

「白状すれば、昨日の午後は、おぬしを見失ってしまった。すまぬことをした」

直之進はこうべを垂れた。

「湯瀬さま、お顔をお上げください」

あわてておあきがいう。

「謝られるようなことではございません」

「おあきのいう通りだぞ。わしに、なにごともなかったのだからな」

「結果がそうだったからと、よしとするわけにはいかぬ。もし琢ノ介を死なせていたら、俺は腹をかっさばかねばならぬところだ」

「直之進、そんなことはせずともよい。おきくがかわいそうではないか」

「そうですとも。主人が亡くなった上に、湯瀬さまを失うことになったら、私たちは立ち直れません。湯瀬さま、お腹を召《め》すなどというようなことは、二度とおっしゃいませんよう。もしそのようなことになれば、おきくの悲しみは一生癒えることがありません」

いわれて直之進はおきくを見た。おきくがすがるような目をしている。

直之進にしても、この娘を悲しませるような真似はしたくはない。だが、もし自分のせいで琢ノ介を死なせることになったとき、責任を取らずによいのか。それで済むのか。

とにかく、と直之進は決意した。どんなことになろうと、琢ノ介を守ればよいのだ。

「琢ノ介、しばらく他出は控えてくれぬか」

「なぜだ」

「俺は、おぬしからしばらく離れなければならぬ」

「わしは直之進に守ってもらわずともよい。へっちゃらだ」

「どうにもいやな予感がするのだ。できれば得意先に出向くような真似はせず、家に閉じこもっていてほしい」

「婿《むこ》どの、湯瀬さまのおっしゃる通りになさいませ」

布団に横になったまま光右衛門がやんわりという。

「しかし――」

「婿どの、湯瀬さまにすべてお任せすればよいのですよ。きっとあっという間にこの一件を解決に導き、婿どのが商売に励める日がやってこようというものです」

そうよ、そうですよ、とおあきやおれん、おきくが口々にいう。

「あなた、湯瀬さまのおっしゃる通りにしてください」

「だがな」

「あなた、私のいうことがきけないというのですか」

凄みをにじませておあきがいう。

「そ、そのようなことはない」

びくりとして琢ノ介が身を引く。その言葉を聞いたおあきが、にこりとして直之進に顔を向ける。

「お聞きの通りです。主人はしばらくのあいだ出かけません。湯瀬さま、どうか、ご安心ください」

「かたじけない」

深くうなずいたものの、一緒になると女性《にょしょう》というのはこれほどまでに強くなるものなのか、と直之進は畏怖《いふ》めいたものを感じた。おきくも同じだろうか。姉妹なのだから、さして変わりはないだろう。だが、おあきも琢ノ介のことが心配でならないから、いうのだろう。琢ノ介は愛されているのだ。よかったな、と直之進は声をかけてやりたい気分だった。

「それで直之進、わしをほったらかしにして、なにをする気だ」

身を乗り出し気味に琢ノ介がきいてきた。

「決まっている。一件の黒幕を追う」

顔をうつむけ、琢ノ介が少し考える。

「高畠権現でわしを襲ってきた、職人ふうの男を追うのだな」

「そうだ。今のところ手がかりはその男の人相書しかないからな」

「ちょっと人相書を見せてくれ」

ああ、といって直之進は懐から取り出し、琢ノ介に渡した。

「あれ」

人相書に目を落とした琢ノ介が、眉根を盛り上がらせた。

「わしの描いたものではないではないか」

「おぬしの描いたものを基《もとい》に、別の者に描いてもらった。琢ノ介、気を悪くしたか」

「わしは、そんなにけつの穴の小さい男ではない。それにしても、この人相書はうまいな。わしの絵など児戯《じぎ》に等しいくらいだ。描いたのは何者だ」

「堅田《かただ》種之助《たねのすけ》という浪人だ。ふとしたことで知り合ったのだが、正体は今のところはっきりせぬ」

「悪人ではないのだな」

「悪い男ではないと思う」

そうか、と琢ノ介がいった。

「直之進、頼むぞ。一刻も早く黒幕を捕らえ、和四郎どのの仇を討ってくれ」

「承知した。俺は、おぬしがすぐ商売に戻れるよう全力を挙げる。そのあいだ、おぬしは皆を守れ。それが使命だ」

「わかった」

「では、俺は行くぞ」

刀を手に直之進は立ち上がった。よっこらしょ、と琢ノ介も立った。おきくやおれん、おあきも直之進たちにならう。光右衛門までも起き上がろうとしたので、さすがに直之進は止めた。

「米田屋は養生《ようじょう》に専念してくれ。また来る」

細くなった肩に触れ、直之進は光右衛門に別れを告げた。

「湯瀬さま、行ってらっしゃいませ」

直之進は光右衛門の顔をじっと見た。

「そんなに見んでください。まるで今生《こんじょう》の別れのようではないですか」

「そうだな。縁起でもない」

くすりと笑いを漏らした直之進は廊下に出て、土間を目指した。草履を履き、刀を腰に差して気配に用心しつつ敷居をまたぐ。

外に出ると、明るさに包まれた。空は相変わらず真っ青で、朝の太陽がつややかに輝いている。大気はややあたたまっているが、風は相変わらず冷たく、道を行く者たちは背を丸め、うつむいて早足に歩を進めている。

俺は和四郎どのと一緒だ。寒さなど感ずるはずがない。

直之進は昂然《こうぜん》と顎を上げた。

「では、行ってくる」

琢ノ介たちにうなずきかける。最後におきくに目を当てる。おきくが、ご無事で、と祈るような眼差しを向けてきた。大丈夫だ、というように笑いかけてから、直之進は体をひるがえした。大股に道を行く。

琢ノ介がおとなしくしているのなら、こちらは安心だ。典楽寺《てんがくじ》に身を寄せている佐之助のことも案ずる必要はないだろう。

――さて、どこへ行くか。

歩を運びつつ直之進は考えた。

やはり根岸だろう。高畠権現で琢ノ介を襲うなど、どうやらやつらは根岸あたりに土地鑑《とちかん》があるようだ。堀田家と根岸はなにか関わりがあったのだろうか。

職人ふうの男を捜すのと同時に、まずはそいつを調べてみるとするか。

根岸に向かって歩いてゆく途中、寒風を切り裂いて怒声が聞こえてきた。

「なんだ、たかが痩せ浪人のくせに、俺たちにいちゃもんをつけようってのか」

目をやると、一膳飯屋の前に、七、八人のやくざ者がたむろしているのが見えた。やくざ者の後ろに一人の浪人らしい者が立っているが、用心棒のようだ。やくざ者に因縁《いんねん》をつけられている浪人は、店の中にいるのだろう。

見過ごすことはできず、直之進は一膳飯屋に近づいた。

「なにがあった」

やくざ者の用心棒らしい浪人に声をかける。うん、という顔で用心棒が振り返る。

「たいしたことではない。行ってくれ」

「やくざ者がそういうときはたいてい、逆のことが多い」

「俺はやくざ者ではないぞ」

目を怒らせて用心棒がいう。

「だが、悪さの片棒を担いでいるのではないか。どれ、通してくれ」

通すどころか逆に直之進に体を寄せて、用心棒は眼光鋭くにらみつけてきた。

そのあいだも、やくざ者たちは店の中の浪人に向かってなにやら吠えている。

「どいたほうがよい。おごったいい方になるが、おぬしと俺では腕がちがいすぎる」

「なんだと」

腹を立てやすいたちなのか、それとも酒が入っているのか、用心棒は真っ赤になって怒りをあらわにした。

「やくざ者の用心棒をやるくらいだから、そこそこ腕に覚えはあるのだろうが、俺とは勝負にならぬ」

「ほざけ」

激高し、用心棒はいきなり刀を抜こうとした。半歩踏み出した直之進はすっと腕を伸ばし、用心棒の右手を押さえた。

「やめておけ。おぬしでは無理だ」

ううっ、とまったく動こうとしない右手を信じられないように見て、用心棒が苦しげにうめく。

「牛島《うしじま》の旦那、どうかしたんですかい」

頭を丸めたやくざ者が振り向いた。

「この男が――」

牛島と呼ばれた用心棒が直之進に向かって顎をしゃくる。力をゆるめ、直之進は用心棒から手を離した。勢い余って前のめりによろめいた用心棒があわてて後ろに下がり、顔をゆがめながら右手をさすった。

「どくんだ」

直之進が凄みを利かせていうと、悔しげに顔をしかめて用心棒が横に動いた。やくざ者があっけにとられて牛島を見る。それで用心棒がつとまるのか、といいたげだ。牛島が恥ずかしげにうつむく。

これで馘首《くび》になるかもしれぬが、そのほうがきっと本人のためだろう、と面目を失わせたことに申し訳なさを覚えつつも、直之進は前に出た。

一膳飯屋の中がよく見えた。戸口そばの小上がりに、ちょこんと一人の侍が座っている。それをずらりと立ち並んだやくざ者が、見下ろしていた。

「あっ」

直之進の口から声が漏れた。

「堅田どのではないか」

米田屋で名が出たばかりで、まさかこんなところで顔を合わせるとは思わなかった。名を呼ばれて、救われたような顔を堅田種之助が向けてきた。

「おう、湯瀬どの」

直之進の顔を見つけて、喜色を満面に浮かべる。

土間のやや引っ込んだところで、はらはらした顔をしているのは、この店のあるじだろう。その後ろで背中に隠れるようにしているのは、小女《こおんな》のようだ。

「どうした」

やくざ者を手で押しのけて、直之進は種之助の前に立った。にこにこして、種之助が見上げてくる。

「いや、なに。飯を食べ終えたこの者たちが金を払わずに出てゆこうとしたから、そのような無法な真似はいかんぞ、とたしなめたのだ。そうしたら、いきなりこの者たちが怒りはじめたのだ」

「金を払わずに出ていこうとしたというのは、まことか」

直之進は目の前にいるやくざ者に確かめた。

「いつも金を払ってはいませんぜ。代はいらないっていわれていますからね」

「それはまことか」

店主に目を向け、直之進は確かめた。店主がなにかいおうとする。

「嘘です」

店内に響き渡るような大きな声を放ったのは、小女である。

「この人たち、おとっつあんがなにもいわないのをいいことにたかっているんです。初めて来たとき、おとっつあんは払ってくださいって頼んだんですけど、俺たちを誰だと思ってやがんだ、誰のおかげで商売ができるんだって、すごんできて……。そのときにおとっつあんがすごすごと引いてしまったものだから、おなかが空くと、調子に乗って必ずやってくるんです」

「てめえ、でたらめ、いいやがって」

「あの娘が嘘をついているというのか」

年かさのやくざ者に顔を向け、直之進は冷静にたずねた。

「嘘に決まってますぜ。この店が安気《あんき》に商売できるのはあっしらのおかげですからね。用心棒をつとめているも同然のあっしらのために、飯を食わせてくれるんでさ。あっしらが金を払わないのは、払おうとしても受け取らないからですぜ。なあ、克三《かつぞう》さん、そうだよなあ」

店主に向かって、やくざ者がにやにや笑いかける。なにも答えることなく、克三と呼ばれた店主は、ただ下を向いた。

「あんたら、そんな嘘ついて、恥ずかしくないの」

「うるせえ、だまれ」

「どっちが嘘をついているのか、赤子が聞いてもわかる道理だな。そこの小上がりの御仁は俺の知り合いだが、無銭での飲食はいかぬといっている。俺も同じ意見だ。おぬしら、おとなしく代を払って去《い》ぬがよい」

「いやだといったら」

「一人残らず叩きのめす。俺にとっては児戯に等しい」

「お侍、脅すんですかい」

よく肥えた一人がぎらりと目を光らせ、懐に手を差し入れる。

「強請や脅しはおぬしらの手口だろうが、逆に脅されるのは、いやなものなのか」

「お侍、何者か知らねえが、あまりなめた口を利くもんじゃありやせんぜ。袋叩きに遭うのは、お侍のほうですぜ」

「やってみるか」

「やめておいたほうがよいなあ」

のんびりとした声で種之助がいう。

「利次《としじ》、やめておけ」

それにかぶせるように、用心棒の牛島がおそるおそる口を出した。

「えっ、先生、なにをいっているんですかい」

細長い顔をした男が口を曲げていった。他のやくざ者も牛島を意外そうに見た。

「こんな男、先生が半殺しにしてくだせえ。そうすれば、あっしらが簀巻《すまき》にして川に流しちまいますから」

「おまえたち、牛島氏《うじ》のいう通りにしておくほうがいいぞ」

腕組みをし、余裕を見せつけるように直之進は胸を張った。

「先生っ、やってくだせえ」

困ったなというように牛島が顔を下に向けかけたが、すぐさま昂然と顎を上げて直之進を見つめてきた。

「おぬし、外に出ろ」

「牛島氏、やめておけ。怪我をするぞ」

「出ろ」

首を小さく振って直之進は外に出た。牛島が続き、直之進と相対した。

「行くぞ」

宣した牛島が、どうりゃあ、と気合とともに抜き打ちに斬りかかってきた。刀が袈裟《けさ》懸《が》けに振り下ろされる。

よけるまでもなく直之進の目には、牛島の隙が映っていた。だが、すぐに直之進は動かなかった。どういうわけか牛島の動きがゆっくりに見えたのだ。

——なんだ、これは。

目をみはったものの、直之進は落ち着きを取り戻し、牛島の刀が落ちてくるのをじっと見ていた。左肩に刃が触れそうになるまで待ってから動いても、十分すぎるほどの余裕があった。

牛島の刀はあっさりと空を切った。

「えっ」

信じられぬといわんばかりの声が牛島の口から漏れた。牛島には、真剣を目の当たりにした直之進が恐怖のあまり、呆然と立ちすくんでいるようにしか見えなかったのだろう。

「き、きさま」

すごんではいるが、牛島の目には新たな畏怖の色が浮かんでいる。すでに怖《お》じていた。

「牛島氏、やめておけ」

静かにいって、直之進はわずかに腰を落とした。いつでも刀を抜けるという姿勢だ。

「まだやるというのなら、相手になるが」

口を半ばあけて、牛島が刀を引いた。直之進を見つめる目が、いにしえの剣豪に出会ったような色になっている。

「先生」

あっさりと引いた牛島を見て、嘘だろう、という顔をやくざ者が並べる。

「すまぬ、わしにはこの男は無理だ」

首を振って牛島が力なくつぶやく。

それにしても、と直之進は思った。今のはいったいなんだったのだろう。前にも似たことがあったような気がしないでもないが、今ほど刀の動きは遅くなかった。

これも和四郎の霊験なのだろうか。今のところ、そうとしか考えられない。

「先生はもう当てにならねえ。俺たちで、この侍をやっちまうぞ」

年かさのやくざ者が叫び、匕首を引き抜き、突進してきた。

「馬鹿なことを」

　そうつぶやいたのは種之助である。

　年かさのやくざ者の動きは、別段ゆっくりには見えなかった。はなから、やくざ者に直之進をやれるはずもない。一歩踏み出した直之進は容赦なく手刀を首筋に叩き込んだ。ぎゃっ、と声を上げてやくざ者が倒れ込み、路上に転がった。

　次々とやくざ者がかかってきたが、直之進の敵ではなかった。一瞬で三人の男が地面に這い、うめき声を上げていた。もちろん直之進は、手加減を忘れていない。だが、残りのやくざ者は息をのみ、動こうとしない。ただ、恐怖に彩られた目で直之進を見つめているだけだ。

「見事なものだなあ」

　小上がりに立って、種之助がうなる。まるで歌舞伎を見て感動したときのような顔つきだ。

「まだやるのか」

　ぱんぱんと形ばかりに手のひらを打って、直之進は年かさのやくざ者にきいた。

「い、いや、もうやめておく」

「賢明だな」

　倒れているやくざ者に目をやり、直之進は年かさのやくざ者をうながした。

「介抱してやるがいい」

いわれて、やくざ者たちが仲間を助け起こし、ぞろぞろと引き上げようとする。

「おい、忘れているぞ」

やくざ者たちの背中に声をかけたのは、種之助である。年かさのやくざ者が振り向く。

「飯の代金だ。酒も飲んだだろう」

わずかに顔をゆがめかけたが、思い直したように懐に手を突っ込み、財布を取り出した。

「いくらだい」

克三にきいたが、娘が前に出て手のひらを差し出した。

「これまでの分も全部払ってね」

つけあがりやがって、とやくざ者が口の中でつぶやく。

「いくらだい」

「一両よ」

「なんだと」

「これまでの分を全部合わせれば、そのくらいになるわよ」

「ちっ、調子に乗りやがって」

ほらよ、とやくざ者が小判を娘の手のひらに置いた。

「おい、小娘。小判をもらっても、使えねえだろうが、いいのか」

小判は使うのに、寛永通宝《かんえいつうほう》などに両替してもらう必要がある。ただ、そのときに両替商から小判の出どころなどを厳しく穿鑿《せんさく》される。庶民はたいていの場合、小判を両替してもらえないことが多いのだ。

「大きなお世話。こちらのお侍に両替してもらうから、いいわよ」

娘の目が直之進を見た。れっきとした侍なら小判を両替するのになんの問題もない。

「ふん、勝手にしな。――行くぜ」

年かさのやくざ者はおもしろくなさそうな顔で、再び歩き出した。

「二度と来るんじゃないよ。このすっとこどっこい」

娘が罵声《ばせい》を浴びせる。

「そなた、気の強いおなごだな」

感心したように種之助がいう。

「名はなんというのだ」

「きえよ」

「おきえちゃんか。歳は」

「十七よ」

「そうか。やつらはもう来ぬとは思うが、なにかあったら、このお侍に頼めばよい。名は湯瀬直之進どのという。住みかは——」

「勝手に教えるな」

「よいではないか。教えられて困るようなことがあるのか」

「ないが」

「ならば、文句をいうな」

娘に向き直った種之助が直之進の住まいを伝えた。

「小日向東古川町か。そんなに遠くないわね」

「近いさ。すぐだ」

相変わらず調子がいい男だな、と直之進は思った。

「湯瀬どの、なにをしている」

「捜し人の最中だ」

「ああ、例の職人ふうの男か。おきえちゃんに見てもらったらどうだ。もしかしたら、ここの客かもしれんぞ」

そんな偶然はあり得ぬな、と思いつつも直之進は懐から人相書を取り出し、おきえに見せた。おきえが手に取り、目を落とす。熱心に見ているのは、店の客にいないか、必死に思い出そうとしているからだろう。父親の克三も横からのぞき込んでいる。

やがて首を振って、おきえが直之進を見上げた。

「いないと思うわ。おとっつあんはどう」

「わしも店のお客にはいないと思う。見覚えはないなあ」

「ごめんなさい」

人相書を返して、おきえが謝る。

「そなたが謝ることではないさ」

にこにこと笑って種之助がいう。

「堅田どのこそ、ここでなにをしている」

知りたかったことを直之進はきいた。

「遅い朝飯を食べていたのさ。することもないので散歩していたら、うまそうな飯屋があったのだ。実際のところ、とてもうまかった。先ほどのやくざ者が来たがるのもよくわかるというものだ」

種之助に顔を寄せ、直之進はささやいた。

「金は持っているのか」

「持っている。食い逃げなどするものか。そんなことをしたら、さっきの連中と変わらぬではないか」

「それを聞いて安心した」

「あの、その人相書の人、なにをしたんですか」

興味の色を瞳に宿して、おきえが問う。

「俺の友垣を殺したのだ」

「えっ、じゃあ、仇《あだ》ってことですか」

「そうだ。俺は仇を報ずるためにこの男を捜している」

「もう一度見せてください」

真剣な顔でおきえがいい、直之進は人相書を再び手渡した。おきえがじっと見る。

「覚えました。これで忘れないと思います。もしこの男の人を見つけたら、必ず湯瀬さまにお知らせします」

「かたじけない。ただし、もし見つけたとしても、あとをつけるような真似は決してせんでくれ。これは俺からの頼みだ」

この娘なら、尾行しかねない。人相書の男と出くわすことは万が一にもないだろうが、釘を刺しておく必要はあった。

「わかりました。決して無理はいたしません」

「そうしてくれ」

直之進がいうと、にこりとおきえがかわいらしい笑顔になった。

その横顔をまぶしいものでも見るかのように、種之助が見つめている。

二

諏訪は二度目だ。

相変わらず信じがたい寒さである。酔っ払い、もし夜間に一刻でも外で眠り込んでしまったら、凍《こご》え死にはまぬかれまい。

寒さのために屋根瓦が割れるというのも、当たり前のことのように思える。

――しかし、このくらいのことは、きっと耐えてみせよう。

火鉢に手を当て、戸田《とだ》兵部《ひょうぶ》は強く思った。なんといっても、天馬のためなのだ。

なにもすることなく、じっと待つのはそれでもつらい。淀島登兵衛がいつ来るのかわからないというのが、さらに心を苛立《いらだ》たせる。

登兵衛は今どこにいるのか。まだ江戸か。いや、そんなことはあるまい。もうとっくに江戸を発《た》っているのではないだろうか。兵部としては、そう信じたい。いや、発ったに決まっている。

わずかにあけた二階の障子窓から、真下を走る街道を見下ろす。旅人よりも、宿場の者の姿が目立つ。あたりは雪に覆われ、真っ白だ。だが、思っていた以上に雪は少ない。もっと降るのかと思っていたが、このあたりはさほど積もらないそうだ。

冷たい風が入ってくるから閉めたいが、そんなことをしたら、登兵衛を見逃しかねない。

天馬にいわれた通りにことを成し遂げれば、と兵部は思った。この俺にもきっとよいことがあろう。

天馬に渡された人相書は、毎日見ている。登兵衛という男の顔貌《がんぼう》は、すでに目に焼きつけたといってよい。

天馬によると、登兵衛は馬で諏訪へと向かうのではないか、とのことだ。もともと甲州街道は中山道《なかせんどう》に比べたら、人の往来はずっと少ない。その中でも、馬を使う者はひじょうに珍しいのだ。そうである以上、見逃すわけがない。

とにかく、そろそろ酒を控えめにしておいたほうがよいだろう。この諏訪の地で醸《かも》される酒は、癖になるほどうまいのだ。水がよいのがわかる。

初めて諏訪に来たときは、けっこうな長逗留《ながとうりゅう》になった。今回は、あのときほど長くいることはないのではないか。

旅籠《はたご》の居心地は悪くない。前回と同様、大火鉢が三つも置かれ、炭が勢いよく熾きている。与えられた部屋も同じである。

いくら寒さが厳しいとはいえ、旅籠でじっと甲州街道を眺め続けているのもつまらない。そろそろ日暮れが近づいてきている。相変わらず街道を行きかう旅人はまばらだ。

首を伸ばして、欄干《らんかん》から遠くの街道筋を眺める。冷たい風が顔を打つ。旅籠だけでなく、呉服屋や造り酒屋、茶店、八百屋などが軒を並べている。その中をやってくるのは徒歩の旅人だけで、馬で来る者の姿はない。

――もう今日は来ぬ。

決めてかかり、兵部は火鉢の炭をうずめた。障子窓を閉めて立ち上がり、部屋を出た。静かな廊下には、凜とした冷気が立ちこめていた。火鉢なしではとても過ごせない。

階段を降り、兵部は階下にやってきた。

「お出かけでございますか」

すっかり顔馴染《かおなじ》みになった番頭がもみ手をして近づいてきた。

「うむ、退屈したゆえな」

「戸田さま、どちらへ行かれますか」

「当てはない。ただ、近くをぶらぶらしてくるだけだ」

「おなかがお空きになったのではございませんか」

苦笑して兵部はかぶりを振った。

「一日中、部屋でごろごろしておるのだ、たいして空いておらぬ。腹を空かすためにも、ちと体を動かしてくる」

「さようにございますか。夕餉は六つを予定しておりますが、それでよろしゅうございますか」

「あと四半刻ばかりだな。それまでには戻ってこよう」

「承知いたしました。お気をつけて行ってらっしゃいませ」

「うむ」

上諏訪宿青山屋《あおやまや》という小さな看板が軒《のき》から下がっている宿を出て、踏み固められた雪道を兵部はぶらぶら歩きはじめた。さすがに外は寒い。まさに凍えるようだ。

見上げる空は陰鬱《いんうつ》な色をしている。厚い雲に覆われ、今にも雪が降り出しそうである。

四つもある諏訪大社のいずれにも行くつもりはない。下諏訪宿近くにある下社《しもしゃ》秋宮《あきみや》は広大で静謐《せいひつ》さが漂う神社だが、一度行けば十分である。

この町は至るところから湯が湧いており、白い湯煙が風に流れてゆく。蔬菜《そさい》を洗っている女たちの姿が少なくない。

温泉があるからこの寒さにも耐えられるのだろうな、と兵部は思った。

った。

「おや、お侍は」

横合いから声をかけられた。最初は自分が呼びかけられているとは気づかなか

「なにかな」

目の前に立っているのは、この宿場の者だろう。背丈は五尺ばかり、瘦身《そうしん》で、目が鋭い。歳は三十代半ばか。兵部よりも十ばかり上に見える。

何者だろうか、と面には出さずに兵部はいぶかった。見覚えのない男だ。堅気《かたぎ》ではないのではないか。どこか崩れた感じがあり、やくざ者のように見えなくもない。

「お侍は、諏訪にお見えになるのは初めてではありませんね」

なにゆえこの男はそのようなことを知っているのだろう、と兵部は警戒した。

「なぜそのようなことをきく」

「初めていらしたのは去年の十二月でしたか」

「おぬし、名は」

「九蔵《くぞう》といいます」

「諏訪の者か」

「ええ、さようです。お侍はなんとおっしゃるのですか」

「俺の名など、どうでもよかろう」

「戸田兵部さまでは」

さすがにぎくりとした。動揺を読み取られたか、九蔵が小さく笑う。

「以前、宿帳を見せていただいたのですよ」

「おぬし、なにゆえそのような真似をする」

「宿場の御用を承《うけたまわ》っているのですよ」

「岡っ引か」

「お江戸ではそう呼ぶらしいですね。こっちではいまだに目明《めあか》しですよ」

「目明しが俺になにか用か」

「いえ、用事はありません。ただ、お見かけしたのが二度目だったので、声をかけさせていただきました」

「そうか。ならば、行ってよいか」

「もちろんでございます」

九蔵を軽く見据えてから兵部は歩き出した。

「ああ、そうだ。戸田さま」

背中に声をかけられ、兵部は足を止めた。

「また長逗留されるのですか」

この男は、俺が前に青山屋に長くいたことを知っているのだ。振り向くと、九蔵と目が合った。

「そのつもりだ」

「上諏訪がそんなにお気に召しましたか」

「ああ、気に入った」

「戸田さまは江戸でなにをされていらっしゃるのですか」

「浪人よ」

「ああ、ご浪人でしたか。着ていらっしゃるものが上物なので、お旗本かと思っていましたよ」

「俺がもし旗本ならば、無断で江戸を離れるわけにはいかぬ。将軍家をお守りするという役目があるゆえ」

「お江戸には戸田さまというお旗本がたくさんいらっしゃいますが、そちらとはご関係はないのですか」

「うむ、なんら関係はない」

「さようですか」

「では、行くぞ」

「はい、お引き止めいたしまして、申し訳ありませんでした」

うなずいて兵部は歩き出したが、九蔵がじっと背中を見ているのがわかった。寒さも増してきており、もはや散策などしているときではない。切り上げることにした。

九蔵という男は、と兵部はうなるように思った。この前の滞在時、この俺がなにをしたか、知っているのだろうか。少なくとも、疑っているのはまちがいなさそうだ。

しばらくは、おとなしくしていなければなるまい。もし九蔵という男が邪魔なら、消してしまえばよい。それだけのことだ。

歩を進めつつ、兵部はちらりと後ろを振り返った。もうそこに九蔵の姿はなかった。

ちっ、と舌打ちが出る。なんとなく馬鹿にされた気分だ。

九蔵という男の登場に、兵部はなんとなくいやな予感を覚えた。その思いを振り払うように、急ぎ足で歩いた。

青山屋の建物はなかなか見えてこない。

三

数本の枝を握り締め、道を渡った。

枝は先ほど拾ったばかりだが、ほどよく乾いている。これだけあれば十分だろう。

刻限はじき九つという案配か。この時刻に町なかをうろついているのは自分だけだ。ほかには酔っぱらい一人いない。暦は春とはいえ、相変わらずのこの寒さだ、江戸の住人たちは早めにねぐらに戻り、おとなしく寝ているのだ。

一軒の家の前に立つ。昼間は米田屋という招牌が路上に置かれているが、今はもちろんしまわれている。暖簾も下がっていない。

米田屋の脇の路地に音もなく入り、軒下の壁に身を寄せた。耳をそばだてて、中の気配を探る。

この家で寝ているのは全部で六人。子が一人いる。

小さないびきがきこえてくる。あれは、平川琢ノ介のものか。それとも、光右衛門がかいているのか。

琢ノ介のほうだろう。命を狙われていると知っていても、熟睡できるほどあの男は図太いのだ。

高畠権現ではうまく誘い込めはしたものの、殺《や》ることができなかった。まったくへまをしたものだ。ともに琢ノ介を襲った滝上鹿久馬は、あのあと湯瀬直之進に殺されてしまった。高畠権現で琢ノ介を仕留められなかったのが、鹿久馬の死につながったような気がしてならない。ここで鹿久馬の仇を討つのだ。

それにしても、高畠権現のあの崖から落ちて無事ですむとは思わなかった。十丈は優にある崖なのだ。平川琢ノ介は、まったく信じられないほど命冥加《いのちみようが》な男だ。

はっと我に返る。今はそんなことを考えている場合ではない。早く済ませて、さっさとこの場をあとにしたほうがよい。

米田屋一家にうらみはないが、ここは非情に徹するつもりだ。いや、天馬さまのためにもそうしなければならない。

手にしている何本かの枝を軒下に置き、腰の竹筒を外して、中身の油を枝に振りまく。空になった竹筒を腰に再び下げ、右手に持った火打金を左手の火打石に振り下ろす。かちん、と音が鳴って火花が散り、それが火打石の上の火口《ほくち》に落ちた。

火口は茅花《ちばな》に焼酎と煙硝《えんしょう》を加えたもので、細い繊維の小さなかたまりである。今の音で平川琢ノ介が起きなければよいが、と願う。いびきはつづいている。よし、と自然に口元がほころんだ。すぐに気持ちと顔を引き締める。

ぶすぶすとくすぶりはじめた火口に紙を寄せると、紙が燃え出し、一筋の白い煙が上がりはじめた。あっという間に炎が大きくなって、家の壁が橙色《だいだいいろ》に染まる。火がついた紙を地面に置いた枝の下に滑り込ませる。油がしみた枝はあっという間に燃え上がり、ぱちぱちと乾いた音を立てはじめた。

「あとはお任せいたします」

闇に向かってつぶやくと、その場を逃れるように早足に歩き出した。

四

ぱちりと目があいた。

いま人の声がしなかったかね。

寝床の中で光右衛門は身じろぎした。

ささやくような声だったが、男の声がしたように思われた。

勘ちがいだろうか。

――おや。

光右衛門は耳をすませた。ぱちぱちと薪《まき》が燃えるような音がしている。これは勘ちがいなどではない。

近くで火が燃えているのだろうか。火事なのか。だが、半鐘などは聞こえない。

ぱちぱちという音は大きくなってきている。

火事なら大変だ。

重い体を持ち上げるようにして、光右衛門は立ち上がった。こんなに痩せたのに、どうして体が重いのか。足もおぼつかない。

いま何刻だろうか。病に冒《おか》されているせいか、以前ほどぐっすりと眠ることができない。この眠りの浅さのおかげで目が覚めたのだ。

部屋を出て、廊下を行く。琢ノ介のいびきが聞こえる。火が燃えているような音がしているのに、熟睡している。図太さを通り越して、鈍感としかいいようがない。なんともうらやましい限りだ。

琢ノ介を起こすかと光右衛門は考えたが、せっかく深い眠りの海をたゆたっているのに、かわいそうだ。それに、まだ火事だと決まったわけではない。

勝手口から裏庭に出、光右衛門は音のする方向へ向かった。寒い。病にかかってから、特に寒さがこたえる。ぱちぱちという音が大きくなった。

まちがいない。火がついている。

重い体を叱咤《しった》し、急ぎ足に光右衛門は路地に入った。

あっ、と声が出た。燃え盛る炎が家の壁をなめようとしている。

いったいどうして。こんなところに火の気はないはずだ。

付け火、という言葉が光右衛門の頭に浮かんだ。堀田一派の者の仕業《しわざ》ではないか。

くそう、まったく手段を選ばない連中だ。婿どのを襲っただけでなく、わしたちも焼き殺そうというのか。

搔巻を脱いだ光右衛門はそれを振り回して、火を消しはじめた。

だが、なかなか消えない。腕に力がないのだ。むしろ火勢を強めてしまう。

このままではまずいぞ。

焦りの汗が背中を濡らす。

琢ノ介でも誰でもいい。助けに来てもらわなければならない。光右衛門は声を上げようとした。だが、声が出ない。喉がからからになってしまっている。

今から家人を呼びに家に駆け込んだら、火は瞬く間に燃え広がってしまうだろう。ありったけの力で、光右衛門は搔巻を振り回しはじめた。

消えろ、消えろ、と強く念じる。搔巻を必死に火に叩きつけてゆく。

その甲斐あって、火が小さくなりはじめた。

よし、いいぞ。この調子だ。

さらに搔巻をばしばしと叩きつける。火はさらに小さくなってゆく。

「どうした、舅どの」

琢ノ介の声がした。見ると、闇の中、でっぷりとした影が路地の入口にのっそりと立っていた。

「ああ、婿どの」

火が小さくなったことで力が湧いたか、声はすんなりと出た。それでも、息は絶え絶えだ。今にも倒れ込みそうだ。力を振りしぼって事情を告げる。

「見ての通りだ。誰かが火をつけおった」

「なんだって」

驚いた琢ノ介が早足で近寄ってきた。

その後ろを、影のようについてきた者があった。闇に一筋の光がきらめく。

刀だ、と光右衛門は直感した。この付け火は婿どのをおびき出すためのものだったのだ。

まずいっ。

「婿どのっ」

叫ぶや、光右衛門は路地を駆けた。必死に足を動かしているのに、じれったいほどのろのろとしか進まない。琢ノ介は光右衛門に気を取られ、後ろの者に気づいていない。

琢ノ介を狙っている者が翁面をしているのが知れた。どうして翁面などを。そう思った瞬間、間合に入ったか、刀が琢ノ介めがけて振り下ろされた。

――えい、かまうものかっ。どうせ遠からず散る命だ。

気合を込めて、光右衛門はおのが身を刀の前に投げ出した。

あっ、という声を発したのは琢ノ介だろうか。それとも、邪魔立てされた刺客のほうか。

光右衛門の左肩のあたりが、ひやりと冷たくなった。斬られたのだ、と光右衛門は覚った。どたり、という音が耳を打つ。自分の体が地面に落ちたのを光右衛門は知った。どくどくと鼓動が激しく頭の中で鳴り、頬がひどくほてっている。

琢ノ介のことが気にかかり、立ち上がろうとしたが、体にまったく力が入らない。わずかに首が動いただけだ。

「婿どの」

声を振りしぼって呼びかけた。

「舅どの、大丈夫か」

力強い応えがあり、それに答えるように目を上げると、琢ノ介の背中が見えた。構えているのは脇差のようだ。正眼に構え、刺客と相対している。

「婿どの、死ぬな」

「死ぬものか。こいつを捕らえてやる」

無理はせんでくれ、と光右衛門は祈った。ここで刺客を逃がしてもよい。無事なのが最も大事なのだ。死んでしまっては、なにもできない。

刺客が柄《つか》を顔のところまで持ち上げ、地面と水平に刀を構えた。初めて見る構えで、光右衛門は目をむいた。琢ノ介も戸惑っているのではないか。いったいなにをしようというのか。

水平にした刀を、いきなり横に払った。すぐに逆からも刀を払う。琢ノ介とは距離があり、そんなことをしても痛くもかゆくもないが、なにが狙いか、そのあと素早く地面を刀で払うようにした。

そのとき、あわただしい足音がして、路地に二つの影が走り込んできた。

「どうしたの」

「なにがあったの」

おあきとおきくの二人である。

「下がっていろ」

怒鳴るように琢ノ介が二人にいった。えっ、と声を上げておあきがびっくりする。おきくがさっと足を止めた。

「家に戻るんだ」

「でも」

「早くしろっ」

「おとっつあんは」

「大丈夫だ。早く戻れっ」

ようやく琢ノ介が刺客と対峙《たいじ》していることに気づき、おきくとおあきが路地を後戻りする。二つの影が路地から消えた。さすがに光右衛門はほっとした。滅多に声を荒らげない琢ノ介の一喝が効いたのだ。

「人を呼ばなきゃ」

おあきの声が光右衛門の耳に入る。

「誰か来てっ」

「人殺しよっ」

おあきとおきくが声を張り上げる。闇に向かって二つの声がこだまする。甲高《かんだか》い声は静寂の幕を文字通り引き裂いてゆく。

くっ、と翁面が唇を嚙んだのがわかった。おきくたちの声はなおも続いている。いいぞ、と光右衛門は思った。

翁面が後ろにわずかに下がった。それを見逃さず、琢ノ介が突っ込んでいった。やめてくれ、と光右衛門は思ったが、翁面はもはや戦意を失ったらしい。だっと体を返すや、走りはじめたのだ。

「待てっ」

土を蹴って琢ノ介が追いかける。

やめるんだ、と光右衛門は声を出そうとしたが、またもや喉がひからびており、かすかにしわがれ声が発せられただけだ。琢ノ介が翁面を追いかけていったのが見えたようで、おきくたちの声がやんだ。

婿どのは大丈夫だろうか、と光右衛門は案じた。

「おとっつあん」

おきくとおあきが再び路地をやってきた。

「おお、おまえたち」

苦しげな声を出すと、おきくとおあきが地面に膝をついた。

「大丈夫、おとっつあん」

痛みを覚え、光右衛門は顔をゆがめた。

「あまりよくないかな。斬られた」

「早く医者を呼ばないと」

おあきがさっと立つ。その前におきくがすでに立ち上がっていた。

「私が行ってくる」

「頼んだわ。あなたのほうが私より足が速いし。外科なら麟堂《りんどう》先生がいい」

おあきがおきくに指示する。

「若い先生だけど、とても腕がいいって評判だから」

「うん、わかったわ」

麟堂という医者は、ほんの半年前に小日向東古川町で開業したばかりだ。これまでまだ診《み》てもらったことはない。

おきくが心配そうな目を光右衛門に向けてから、思い切ったように走り出した。光右衛門の視野からおきくの姿があっという間に消えた。

「よし、家の中に運ぼう」

いつの間にか戻ってきていた琢ノ介がいい、自らの体が軽々と持ち上げられたのを光右衛門は感じた。

ああ、こんなに軽くなってしまったのだなあ。

斬られたというのに、光右衛門はそんな感慨にとらわれた。

布団に寝かされる。柔らかな布団に横になると、さすがに気持ちがゆるむ。ただ、血で布団を汚してしまうのが、気になった。そのことをいうと、布団などわしがいくらでも買《こ》うてやるゆえ、案じずともよい、と琢ノ介にたしなめられた。

おれんと祥吉もやってきた。

「おじいちゃん、大丈夫」

枕元に座って涙目で祥吉がきく。

「大丈夫に決まっているだろう。わしはこんなことで死にやせんよ」

安心させるようにいったが、祥吉の目からは止めどもなく涙がこぼれ落ちる。

「そんなに泣かなくていいんだよ」

祥吉の頭をなでようとしたが、手がぴくりとも動かない。

琢ノ介が必死に血止めをしている。

「婿どの、傷は深いのかい」

「たいしたことはない。血はすぐに止まる」

琢ノ介は一所懸命に晒《さら》しを巻きはじめた。

「わしはどこをやられた」

「左の肩だ。傷は深くない。安心してくれ。本当に深かったら、もうとっくにくたばっているからな。しゃべることもできんだろう」

それはそうだろうな、と光右衛門は思った。そうか、たいしたことはないのか、と思ったら、光右衛門は急に眠気を感じた。

「寝てもかまわないかな」

「ああ、そのほうがよかろう。安心して眠ってくれ。じき医者もやってくるだろう。そうしたら、ちゃんとした手当をしてもらえる。次に目を覚ましたときには、すべてが終わっているはずだ」

琢ノ介の力強い言葉に安堵して、光右衛門はそっと両目を閉じた。祥吉の泣き声は今も聞こえているが、それが子守歌のように心地よい。

それがゆっくりと遠くなってゆく。


翁面が二つにぱっくりと割れた。

充血した目でじっとこちらを見ている。

怖くて光右衛門は小便をちびりそうだ。

そのときなんとなく人の気配を感じて、はっと目をあけた。今のは夢だったか。それにしてもどうして翁面の夢など見たのか。

部屋の中はずいぶんと明るい。ああ、寝過ごしてしまったな、と光右衛門は天井を眺めて思った。起きようとしたが、体がまったくいうことをきかない。

「ああ、目が覚めたか」

声がして、視野の中に直之進の顔が入り込んできた。

「湯瀬さま、よくいらしてくれましたな」

光右衛門はあらためて起き上がろうとしたが、やはり体が自由にならない。

「米田屋、無理をするな」

「病のほうは一進一退ですから、今のところはなんともありませんよ」

「いや、怪我の具合だ」

「怪我でございますか」

「米田屋、昨夜なにがあったか、覚えておらぬのか」

いわれて、光右衛門は霧が晴れるようにさっと思い出した。

「さようでしたね。堀田一派と思える者に襲われたのだった」

それで翁面が出てきたのか、と光右衛門は納得した。

「湯瀬さま、婿どのは大丈夫ですか」

「うむ、おぬしのおかげでなにごともない。元気なものだ」

「それはよかった」

大きく息をついて光右衛門は笑顔になった。

「婿どのはどこにいますか」

部屋には直之進しかいない。琢ノ介だけでなく、おあきたちも出ているようだ。

「いま厠《かわや》に行っている。――それにしても米田屋、よく火付けに気づいたな」

「眠りが浅いものですからね。しかし、あれはわざと手前に気づかせようとしていたのではありませんかな。婿どのを誘い出すために」

「さて、どうかな」

軽く首をひねって直之進が続ける。

「家を燃やし、あわてて外に出てきた琢ノ介を殺害しようとしていたのかもしれぬ。俺はそちらではないかとにらんでいる。おぬしが火付けに気づいたのは、やつらにとっては誤算だったのだ。琢ノ介が火事に狼狽することもなく、その上おぬしが琢ノ介の身代わりになった」

「ああ、そういうことでございますね」

腰を折り、直之進がのぞき込んできた。

「米田屋、痛みはないか」

「今のところは」

「薬が効いているのかもしれぬ。医者によれば、これから痛みが出てくるであろうとのことだ。覚悟しておいたほうがよいな」

「お医者はどなたですか」

「麟堂さんという若い医者だ。手当てしているところは見てはおらぬが、なかなかの名医のようだぞ。ほれぼれするような手際だったとおきくちゃんがほめていた」

「ほう、さようにございますか」

「俺は、麟堂さんとは帰りがけに少し話しただけだが、凜とした雰囲気をまとっており、一目見てよい医者だと感じた。おぬしは肩をだいぶやられたが、命にかかわるほどの傷ではない。しかしながら、やはり名医にかかるのとかからぬのとでは大きくちがう。米田屋、近所にいい医者がいてくれて、よかったな」

「はい、まったくでございます。ところで湯瀬さま、今は何刻ですか」

「じき四つという頃合いだろう。俺は知らせを聞いて六つ頃にやってきた」

「それからずっと手前に付き添ってくださったのですか」

「そういうことだ。途中、朝餉はいただいたが」

「それはまことにありがとうございました」

「米田屋の寝顔は幼子《おさなご》を見るようで、なかなかかわいらしかったぞ」

「それはまた照れますな」

にこにこと光右衛門が笑《え》んだとき、廊下を渡る足音がした。そのあとに別の足音が続いていることに、光右衛門は気づいた。

「舅どの、あけるぞ」

琢ノ介の声がし、からりと腰高障子が横に滑った。

「舅どの、樺太郎と珠吉が来た。話を聞きたいそうだ」

「えっ、さようですか」

あわてて光右衛門は起き上がろうとした。

「いえ、そのままでけっこうですよ」

快活な声が響き、富士太郎が入ってきた。後ろに珠吉が続いている。

にっこりとして富士太郎が直之進を見る。

「直之進さん、こんにちは。いらしているのは、豚ノ介さんから聞いていました」

「富士太郎さんも元気そうでなによりだ」

「富士太郎、誰が豚ノ介だ」

「先に樺太郎っていったのは誰ですか」

「富士太郎はまったく執念深いやつだ」

その言葉には取り合わず、富士太郎が光右衛門を見つめてきた。

「ちょっと座らせていただきます」

礼儀正しくいって、富士太郎が正座する。珠吉が後ろに控えた。

「米田屋さん、お加減はいかがですか」

「おかげさまでだいぶいいですよ。痛みも今のところありません」

「それはよかった。安心しました。米田屋さんが斬られたって聞いて、すごく心配していたんですよ」

「ありがとうございます。樺山さまはお優しいですね」

「いえ、そんなことはありませんよ」

富士太郎は心から謙遜《けんそん》しているような顔つきだ。そんな富士太郎を、珠吉が後ろから慈父のような目で見守っている。

「昨晩のことですが、話を聞かせていただけますか」

「はい、もちろんです」

「話をするのがきつくなったら、遠慮なくいってくださいね」

「承知いたしました」

「では、うかがいます」

こほん、と富士太郎が空咳をした。すでに珠吉は帳面を取り出し、墨のついた筆を構えている。

「深夜にもかかわらず、どうして火がつけられたことに気づいたのですか」

「最近は眠りが浅く、昨晩も人の声を聞いたように思ったのです。それに、ぱちぱちと木の燃えるような音がしていたものですから」

「人の声ですか。話をしているのが聞こえたのですか」

「わかりません。夢の中で聞いたような気もするのです」

「木の燃えるような音を聞いて、外に出たのですね。そのとき火をつけた者は見ていないのですか」

「見ていません。手前が、路地に入ったときには誰もいませんでした」

「翁面がそこにいることに気づいたのは、いつです」

「婿どのが路地に入って、手前に近づいてきたときです」

「そのとき、ほかの人影には気づきませんでしたか」

「気づきませんでした」

「翁面のことですが、だいたいのことは平川さんからうかがいました。背丈は五尺三寸ほど、痩身の男であるとのことですが、まちがいありませんか」

「背丈や肉づきなどはその通りだと思います。しかし、男かどうか、手前にはわかりません。なにしろ、翁面だけしか見ていないものですから」

なるほど、と富士太郎が相槌を打つ。

「では、身なりはいかがですか。覚えていらっしゃいますか」

うーん、と光右衛門は考え込んだ。

「黒っぽい着物だったのは確かですが、それ以上のことは覚えていません。股立《ももだち》は取っていましたね。あとはわかりません」

「さようですか。米田屋さん、ほかに覚えていることはありますか」

「婿どのがもう申し上げたかもしれませんが、婿どのと相対したとき、あの翁面は不思議なことをしたのですよ」

「聞かせてください」

「構えですが、刀尖を浮かすようにして顔の高さにまで上げ、刀を地面と水平にしたのです。手前は剣術には詳しくないのですが、ああいう構えは滅多にあるものではないと思うのです」

「刀を地面と水平にしたのですか」

実際に富士太郎がその構えをやってみせる。

「こんな感じですか」

「ええ、さようです」

「確かにとても珍しい構えですね」

「その構えだけでなく、翁面の者はその構えから胴を払ったあと、刀の尖《さき》で地面を払うようにしたのです」

「地面を払った。そのことになにか意味があったのでしょうか」

枕の上で光右衛門は小さくかぶりを振った。

「手前は剣術のことはわかりませんが、あれに意味があるとはとても思えないのです。しかしやったということは、なにかあるのでしょうね」

うなずいて、富士太郎が直之進を見やる。

「直之進さんは、どう思われますか」

「正直なところ、よくわからぬな。あるいは、その翁面の者は秘剣を有しており、その技を繰り出す前になんらかの儀式のようなものが必要なのかもしれぬ」

「儀式ですか」

「儀式といういい方が的はずれなら、手順みたいなものか」

「刀尖で地面を払って、果たしてなにかできるのですかね」

「俺はなにも変わらぬと思う。だが、きっとその者にはなにか意味があるのだろうな」

「ふむ、そうなのでしょうね」

後ろで珠吉もうなずいている。

背筋を伸ばした富士太郎が光右衛門を見て、一礼する。

「米田屋さん、これでおしまいです。ありがとうございました」

「いえ、あまりお役に立てずに申し訳ありません」

「とんでもない。今のお話は必ず役に立つに決まっていますよ」

「ときに富士太郎」

それまでずっと無言を通していた琢ノ介が呼びかける。

「事件のことを知らせてからここに来るのが少し遅かったが、今なにか事件を抱えているのか」

「ええ、抱えていますよ」

「どんな事件だ」

興味深げな目で琢ノ介がきく。

「三日前の晩、按摩さんが刺し殺されたんですよ。今その事件を探索していますす」

「按摩か。それだったら、検校とかがだいぶ騒いでいるんじゃないのか」

「ええ、まあ。お奉行のもとにだいぶ来ているようですね。一刻も早く犯人を捕らえ、極刑に処すようにいっています」

「おまえのところには来ぬのか」

「そりゃ来ますよ。でも、気にしないことに決めています。誰が殺されても人殺しに変わりはありません。按摩さんだから力を入れる、ほかの人だから力を入れない、ということはありませんから」

首を何度か振って琢ノ介が富士太郎を感嘆の目で見る。

「いつの間にやら富士太郎はたくましくなったものだな。一所懸命に育ててきた甲斐があったというものだ」

えっ、と富士太郎が声を出す。

「それがしは平川さんに育てられた覚えはありませんよ」

「まさに恩を忘れるとはこのことだな」

「それがしはそんな真似は決してしませんよ」

「そうだ、富士太郎は意外に義理堅いからな」

「意外に、というのは余計です」

「まあ、とにかく富士太郎は実に頼もしくなった。たいしたものだ。珠吉もひと安心なのではないか」

「いえ、そんなことはありませんや」

きっぱりといって珠吉が富士太郎を見やる。

「旦那にはまだまだ成長してもらわねばなりやせん。こんなもので止まってもらっちゃ、困るんです。旦那には、番所を背負って立つような男になってもらいたいですからね」

「それはそうだな。富士太郎、がんばれよ」

「はい、がんばります」

「直之進もほめてやれ。富士太郎はおまえの言葉を待っているんだ」

そうさな、と直之進がいった。

「富士太郎さんなら必ずなれよう。それだけの器だ」

「本当ですか」

「嘘はいわぬ。富士太郎さんの器はとても大きい。その器には、まだ少ししか水が入っておらぬ。つまり、これからまだまだ成長の余地があるということだ。それに、なにより富士太郎さんはへこたれぬ。これが大きい。へこたれることもなく、あきらめることもせぬ者は必ず大きな成長を遂げるものだ。珠吉の、番所を背負って立つ男という見立ては、実に的を射ている」

「直之進さん、いくらなんでもほめすぎですよお」

「そんなことはない。本当のことだ」

それを聞いて富士太郎が破顔する。

「うれしいなあ、直之進さんがこんなにほめてくれる日がくるなんて、思わなかったよ」

富士太郎はしみじみと喜びを噛み締めている。

ああ、いいなあ、と光右衛門は心の底から思った。仲間たちがこうして集まって、楽しい話をする。こんなに気持ちのよいことはない。こういう場に身を置いていると、病もこのまま治るのではないかと思えるほどだ。翁面の者に刀でやられた傷など、もう治っているのではないかとさえ思えてくる。

長生きをしたい、と光右衛門は痛切に思った。長く生きれば、こういう話をいくらでも聞けるのだ。よし、病になど負けるものか。わしは生きて生きて生き抜いてやる。

「ところで琢ノ介」

琢ノ介に顔を向け、直之進が呼びかける。

「いわずもがなだろうが、他出は今日も控えるのだぞ」

不満そうだが、琢ノ介が顎を引いた。

「わかっておる。今日だけではない。堀田家が絡むこの一件が片づくまでだな」

「その通りだ」

直之進が大きくうなずいた。

「直之進さん、それがしどもはこれで失礼します」

「そうか、帰るか」

「ああ、樺山さま」

光右衛門が呼ぶと、富士太郎が顔を向ける。

「なんですか、米田屋さん」

「按摩さんが殺されたということですが、なんという按摩さんが殺されたのですか」

「利聖さんですよ」

「ええっ」

「米田屋さん、利聖さんのことをご存じだったのですか」

「ええ、ときおりもんでもらいましたよ。腕のいい人です。そうですか、利聖さんが殺されてしまったのですか」

富士太郎が真剣な顔で見つめてきた。

「利聖さんについてなんでもかまいませんから、話していただけませんか。あ、米田屋さん、お体のほうは大丈夫ですか」

「ええ、大丈夫です。お気になさいますな。利聖さんについて、なんでもかまわないのですか」

「ええ、諍いを抱えていたのを知っているとか、他の得意客を知っているとか、どんなことでもかまいません」

「諍いの類はまったく知りませんけど、得意客なら一人知っています。手前が紹介して差し上げたのです」

「どなたです」

身を乗り出して富士太郎がきく。

「矢間川屋《やまかわや》という瀬戸物問屋ですよ」

「矢間川屋さんなら、存じていますよ。あそこの主人に利聖さんを紹介したのですね」

「ええ、もうだいぶ前のことです。二年はたちますかね」

「ありがとうございます。さっそく矢間川屋さんを訪ねてみることにします」

一礼して富士太郎が立ち上がった。珠吉もそれにならう。

「米田屋、済まぬ。俺も行く。また見舞いに来るゆえ、養生に専念してくれ」

「ええ、よくわかっています」

「では、これでな。――琢ノ介、米田屋を頼んだぞ」

「うむ、わかっておる」

三人の男が連れ立って出ていった。

部屋の中は急に静かになった。

「婿どのは見送りに行きませんのか」

行かぬ、といって琢ノ介がやんわりと首を振った。

「これまでにぎやかだったのに、急に静かになっては舅どのが寂しかろうと思ってな。直之進が、頼むといったのも、舅どのを一人にせんでくれという心遣いからだ」

「ああ、さようでございましたか」

「舅どの、大丈夫か。疲れておらぬか」

「ちと疲れましたな」

「だったら眠るがいい」

「寝つくまでここにいてくれるので」

「幼子のようなことをいうな。わかっておるよ。舅どのが寝つくまで、わしはここを動かぬ。安心してくれ」

「婿どのは優しいな」

ふふ、と琢ノ介が笑いをこぼす。

「そんなことはない」

「わしはいい婿を持った。幸せ者だ。おあきも男を見る目があったということだ」

「くすぐったいな」

満ち足りた気分になって、光右衛門は目を閉じた。

不意に琢ノ介がなにやらつぶやきはじめた。しばらく我慢して聞いていたが、とても眠れそうになく、光右衛門は目をあけた。

「婿どの、なにをうなっているのかな」

「うなっているのではない。子守歌ではないか。わしの故郷に伝わる歌よ」

「さようでしたか。それは失礼しました」

「わしの子守歌では眠れぬか」

「はい、申し訳ありません」

「そうか。ならば黙っていよう」

「助かります」

再び光右衛門は目をつむった。今度はたやすく眠りに落ちそうだった。

第三章

一

　こうべを垂れた。

「面目次第もございませぬ」

　両手をそろえて宮寺厳之介は唇をゆがめた。

「よい。気にするな」

　上座にいる天馬は責めようとしない。やんわりとほほえんでさえいる。

「しくじりは誰にでもある。父上にもあった」

「殿に」

「うむ。父上は湯瀬直之進を殺し損ねた。それがすべての誤りであった。――厳之介、ひとまず平川琢ノ介はよい。よいというのは、今は殺らずともよいということだ。とにかくどんな手立てを取っても、湯瀬直之進を倒すことに専心せよ。そのあとで平川琢ノ介や倉田佐之助を殺るのだ。直之進をあの世に送りさえすれば、二人とも手足をもがれた虫けらのようなものであろう。さほど苦もなく殺れるのではないか」

そうかもしれぬ、と厳之介は思った。

「御意。では、これからは湯瀬直之進を葬ることに全力を注ぐということでございますか」

ふふ、と天馬が笑う。

「ちと危い橋を渡ることになるかのう。湯瀬直之進に滝上鹿久馬を殺られ、さらにそなたまで失うとなると、最後はこの身が出るしかなくなる」

「残念ながら、天馬さまに出番はございませぬ」

天馬が顔を上げ、厳之介に眼差しを注いだ。

「そなたが湯瀬直之進を殺るということか」

「いかにも」

うむ、と天馬が大きく顎を上下させる。

「そなたの秘剣つむじ風ならば、必ず湯瀬直之進を殺れるであろう。だが……」

ふむう、とうなって天馬が考え込む。

「迷うところではあるな。いや、やはりよそう、ここで焦って策を変えるほうが危《あや》うかろう。打ち合わせた通りにいくぞ」

「承知いたしました」

「――それよりも厳之介」

わずかに身を乗り出し、天馬が手を差し出してきた。

「例の物を」

「はっ」

膝行し、懐に大事にしまっておいた能面を厳之介は差し出した。受け取り、天馬が深くうなずいた。いとおしそうにさする。

「厳之介、役に立ったか」

「はっ。少なくとも、平川琢ノ介に顔は見られませなんだ」

天馬は、なおも翁面を見つめ続けている。厳之介には、その横顔がこの世のものとは思えないほど美しく見えた。鼻が高く、瞳が澄み、桃色の唇にはほんのりと色気が漂っている。冒《おか》しがたい威厳も感じられる。

この容姿ならば、どんな男でも籠絡《ろうらく》されよう。男たちは天馬に命じられるまま、なんのためらいもなく動くにちがいない。

だが、今の天馬は男にうつつをぬかすときではないだろう。父の復讐におのれのすべてを賭けているのだ。

しわぶきをし、厳之介は天馬に向けて言葉を発しようとした。その前に案じ顔で天馬がきいてきた。

「厳之介、大丈夫か」

「はて、なんのことでございますか」

「とぼけずともよい。胸の病よ」

ふっ、と厳之介は小さく笑いを漏らした。

「前にも申し上げましたが、とうに完治しておりもうす」

「信じてよいのだな」

「むろん」

「ならばよい」

天馬さま、と厳之介はそっと名を口にした。

「倉田佐之助の居場所は判明いたしましたか」

「まだだ。だが、さほどときはかかるまい。どこに隠れていようと、必ず見つけ出す」

「それを聞いて安心いたしました」

「倉田佐之助も厳之介が始末するか」

「それがししかおりますまい」

「強気じゃな」

「やつらを殺すためにそれがしはおりもうす」

「確かにそうじゃが」

「天馬さま、一つうかがいたきことがございます」

「なにかな」

「その翁面でござる。なにか謂《いわ》れがあるのでございましょうか」

「知っているであろう。父上の形見よ」

「やはりさようにございましたか」

　父上は、と天馬がいった。

「お能に実に造詣《ぞうけい》が深かった。さまざまな面を集めていらしたが、その中でも特にお気に入りの一品よ。堀田家の家宝といってよい」

「諏訪に持っていかれましたか」

「そうだ。能面一つを持ってゆくくらいのことは許されたゆえ」

どこか無念さを感じさせる口調で天馬がいい、能面を顔につけた。

「こうしているとな、巌之介」

わずかにくぐもった声になった。

「父上の息吹《いぶき》が、感じ取れるような気がするのだ」

「それがしも同じように感じました」

翁面を通して、わずかに見える瞳が動く。

「そなたもか」

「はっ。平川琢ノ介を襲う直前にござる。息づかいのようなものを確かに感じもうした。殿に後押しされ、必ず平川を倒せると感じたのでございますが、残念ながら、それがしはやれなんだ。女どもが騒いだとはいえ、いま思えば退《ひ》く必要などどこにもござらなんだ」

「気にするな。まだときが熟していなかったのだ。必要とあらば、またこの面を貸そう」

「かたじけのうございます」

目を閉じ、巌之介は決意を固めた。次の標的が誰であろうと、つむじ風を使って必ず倒してみせる。

天馬さまに失態を慰められるような男では駄目なのだ。天馬さまを喜ばせるような男でなければならぬ。

二

決して許さぬ。

その思いを直之進は強くした。

「直之進さん、怖い顔をしていますよ」

肩を並べて歩きつつ富士太郎がいう。

「でも、直之進さんがそんな顔をするのも当たり前ですよ。家に火をつけた上で平川さんを殺そうとするなんて、非道すぎます」

「富士太郎さんもそう思うのだな」

「当然です。平川さんとはよく口喧嘩をしますけど、あれだって仲がよくないとできないですから。平川さんはそれがしにとって大事な人ですよ」

ふと富士太郎の表情が曇った。

「富士太郎さん、どうかしたか」

「直之進さんはこれから堀田一派の黒幕が誰か、突き止めるのですよね」

「そのつもりだ」

決意をみなぎらせて直之進はいった。

「そのお手伝いをしたいと思っても、それがしどもはできぬものですから」

「そうだったな。按摩さんを殺した者を捜し出さねばならぬのだな。琢ノ介が襲われて、富士太郎さんも探索に加わりたいのだな。その気持ちはよくわかる」

少し間を置いてから直之進は続けた。

「だが、富士太郎さんと珠吉の本分は江戸に暮らす者たちの安穏な暮らしを守ることだ。それは俺たちにできることではない。本分を守ることはとても大事なことだ。富士太郎さんたちの助けが必要になれば、必ず呼ぶゆえ、そのときまで自分たちがすべき仕事に専心してくれればよい」

「はい、わかりました。一刻も早く利聖さんを殺した犯人を挙げて、直之進さんのお手伝いができるようにします」

「うむ、よろしく頼む」

富士太郎の後ろで珠吉もうなずいている。

「でも直之進さん、無理だけはしないでくださいね。無茶は禁物ですよ」

「そういうわけにはいかぬ」

顔を引き締めて直之進は告げた。

「無理や無茶をせぬ限り、こたびの敵は倒せぬだろう」

「さようですか」

直之進の気迫に押されたように富士太郎が小さく顎を引く。珠吉も目を見ひらいている。

「直之進さん、それがしどもはここで失礼します」

いつしか人々の行きかう辻に来ていた。富士太郎がていねいに辞儀する。珠吉もそれにならう。

「そうか、行くか。富士太郎さん、珠吉。会えて、とてもうれしかった」

「はい、それがしもです」

冬の日を浴びて、富士太郎が輝くような笑顔を見せる。

「直之進さん、また会いましょうね」

「もちろんだ」

「直之進さん、無理や無茶をしなければいけないのはよくわかりますが、気をつけてくださいね。直之進さんにもし万が一のことがあったら、それがし、どうしたらよいか」

富士太郎が迷子になった幼子のような顔を見せた。

「富士太郎さん、そんな心細げな顔をすることはない。大丈夫だ、俺は殺られはせぬ」

穏やかに笑って直之進は富士太郎の肩を叩いた。

「この世に悪者はごまんとおり、中には今も盛者《じょうしゃ》として振る舞っている者も少なからずいるだろう。だが、俺は正義が必ず勝つと確信している。大義は我々にある。堀田正朝は欲望のためだけに動いていた。それを殺されたからといって、うらみを抱き、我らを害しようとする者どもに大義も正義もない。そんな者どもに俺を殺せるはずがない」

いい切った直之進を富士太郎がほれぼれと見る。

「その言葉を聞いて、それがし、安心しましたよ。そうですよね、直之進さんが卑劣な者どもに倒されるはずがないんだ」

笑みを浮かべて富士太郎が一礼する。

「では、直之進さん、失礼します」

富士太郎がきびすを返し、颯爽《さつそう》と歩き出す。珠吉が深々とこうべを垂れてから、富士太郎の後ろについた。

相変わらずいい主従だな、と直之進は思った。二人の姿はすぐに雑踏に紛れ、見えなくなった。相変わらず江戸の町は人が多い。ここしばらく雨がないから、砂埃も相当のものだ。

不意に登兵衛のことが思い出され、直之進は西の空を見た。もう諏訪に着いただろうか。直之進としても、諏訪でなにが起きたのか、一刻も早く知りたい。

諏訪のことは、とにかく登兵衛に任せるしかない。いま自分にできることは、人相書に描かれた職人ふうの男を追うことだ。手がかりというべきものは、この男の人相書しか残されていないのだ。

この男は、と直之進は人相書を取り出し、目を落とした。町人だろうか。侍には見えない。町人とみるのが妥当だろう。

堀田家とはどういう関係だったのだろうか。堀田家に仕えていた中間かなにかか。正朝のうらみを晴らす企てに加わっている以上、正朝と近しい者だったのだろう。草履取りのような類の者で、じかに仕えていたのか。

もし中間のような者で正朝に目をかけられていたとすれば、と直之進は思案した。堀田家に人を入れていた口入屋に当たれば、身元が知れるかもしれぬ。

相変わらず気づくのが遅い、と直之進は血のめぐりの悪さが呪わしかった。だが、急に頭の働きがよくなるようなことはない。今のおのれとつき合ってゆくしかない。

俺の取り柄は頭よりも体のほうだ、と直之進は自らを納得させた。とにかくいろいろ考えるよりも動くことが大事だ。頭の働きがよくてもなにも動こうとしなければ、結局はなにも思いつかないのと同じではないか。血のめぐりが悪くても、俺は動きのほうで補えるはずだ。

足を根岸に向け、直之進は一軒の口入屋の前に立った。山城屋である。滝上鹿久馬たちのはかりごとに絡んだ店である以上、堀田家のことについてもなにか知っているのではあるまいか。

今日はこの前に比べたら、寒さは若干ゆるんだ。太陽の光はやんわりとしており、どこかみずみずしい。確実に春が近づいているのを感じさせるまばゆさだ。ただし、ときおり吹く風はまだまだ冷たい。

吹きつけてきた風に大きく揺れた暖簾を払い、直之進は戸をあけた。

「ごめん」

敷居を越え、暗い土間に立つ。

「ああ、これは湯瀬さま。いらっしゃいませ」

あるじの藍之助が帳場格子を回って、土間に下りてきた。

「今日はなにか」

すっと目を上げて、藍之助が表情を引き締める。

「ときを無駄にしたくないゆえ、本題に入らせてもらう。おぬし、かつて老中職にあった堀田家に人を入れたことはあるか」

「いえ、堀田さまにはございません。あの、湯瀬さま、それがなにか……」

「実はな、おぬしが関わりを持った滝上鹿久馬や垣生高之進は、堀田家の遺臣なのだ。この前、きき忘れたのだが、おぬしが滝上たちの企てに選ばれた理由は、なんだと思う」

直之進の言葉に驚きの表情を浮かべながら、藍之助が思案する。

「それは一つしかございません。例の道場を周旋《しゅうせん》していたのが手前だったからでございましょう」

「ほかに理由はないか」

「手前には思い当たりません」

「もう一度きくが、堀田家とはまったくつき合いがなかったのか」

「はい、ございませんでした」

そうか、といって直之進はしばし考えた。

「おぬし、堀田家とつき合いのあった口入屋を知らぬか」

問いを予期していたかのように、すぐさま藍之助が答えた。

「一軒だけですが、存じております」

山城屋から北へ十町ばかり行ったところで直之進は足を止めた。

暖簾には、浦野屋《うらのや》と染め抜かれている。

よし、ここだ。

このところ、この界隈の口入屋は繁《しげ》く回ったが、浦野屋には気づかなかった。

戸口に立った直之進は、ごめん、といって戸を横に滑らせた。

「いらっしゃいませ」

土間に立ち、壁にずらりと貼ってある求人の紙を見つめていた男が直之進を見てにこやかに挨拶した。声はつややかで、まん丸い顔に細い目をしており、いかにも人のよさそうな雰囲気をたたえているが、堀田家とつき合いのあった口入屋だ、油断はできない。

「お仕事をお求めでございますか」

直之進に近寄ってきた店主らしい男が腰をかがめてきく。

「おぬし、あるじの公造《こうぞう》か」

「さようにございます。お侍は、前にこちらにいらしたことがございますか」

「初めて足を運ばせてもらった。俺がおぬしの名を知っているのは山城屋に聞いたからだ」

「はあ、山城屋さんから」

「俺は仕事を探しに来たわけではない。人捜しをしている。この男だ」

懐から取り出した人相書を直之進が渡すと、公造が手に取り、じっと見た。

顔を上げ、直之進を見つめて首を振る。

「存じません。うちに来たことはないお方ですね」

嘘はついていないようだ。これで偽りを口にしていたら、よほどの狸《たぬき》だろう。

返ってきた人相書を懐にしまい、直之進は新たな問いを放った。

「おぬし、かつて老中職にあった堀田家に人を入れていたか」

「はい、入れさせていただいておりました。堀田さまには贔屓にしていただきましたよ」

「では、堀田家に恩があるのだな」

「ありますが、残念ながらお取り潰しになってしまいましたから、返しようがございませんね。堀田備中守《びっちゅうのかみ》さまも、お亡くなりになりましたし」

さばさばとした口調だ。

「商売は順調か」

「ええ、まあ。堀田さまというお得意さまが一つ減ったのはもちろん痛いですが、ほかにも得意先はございます。ここにきて、なんとか埋め合わせができつつあります。あの――」

公造が、おずおずときいてきた。

「先ほどの人相書のお方は、なにをされたのでございますか」

「俺の友垣を殺した」

「ええっ」

のけぞるように公造が驚く。

厳密にいえば和四郎は直之進の友垣ではないのかもしれないが、なんといっても生死をともにした仲だ。友垣と呼んでも差し支えはなかろう。和四郎も喜んでくれるのではないか。直之進はそっと手を伸ばし、和四郎の形見の刀に触れた。友垣ですとも、という声がきこえたような気がした。

「実際に人相書の男が手を下したわけではないが、加担はしている。それで俺は人相書の男を追っているというわけだ」

ごくりと唾を飲み込んで公造がきく。

「人相書の男の人は、堀田さまと関わりがあるとおっしゃるのですか」

「そうだ。それでおぬしのもとを訪れたのだ」

「はあ、さようでございましたか」

「正直にいおう。堀田家が取り潰されたことに俺は関わっている」

さすがに堀田正朝を斬ったのが自分であるとは、いえなかった。

「えっ、まことにございますか」

目をみはり、公造がまじまじと直之進を見る。その目を見返し、直之進は静かに語った。

「取り潰しに追い込まれたことをうらみに思った者が、俺の友垣を殺したのだ」

「そういうことでございましたか」

「堀田家の家中の者が、悪事をはたらいていた。まともな米を腐り米と称して横流し、莫大な利を得ていたのだ。その悪事が露見し、堀田備中守は死に、堀田家は取り潰しの憂《う》き目《め》に遭った。もともとうらみを買うようなことではないのに、我が友垣は理不尽にも殺された。俺はその仇を討たねばならぬ」

「はい、お話はよくわかりました」

公造が力強くうなずいた。

「手前もできるだけお力添えができれば、と存じます」

「かたじけない」

頭を下げ、直之進は名乗った。

「俺は湯瀬直之進という」

「では、手前も改めて申し上げましょう。公造と申します。して、手前にどのようなことができましょう」

「人を紹介してもらいたい。堀田家に長くいて内情に詳しい者がよい。もちろん人として信用できる者だ」

なるほど、といって公造が考え込む。頭の中にはすでに何人か思い当たる人物がいるようだが、薦めるにふさわしい者を選んでいるようだ。

「でしたら、この三人がよろしいのではないでしょうか」

公造が口にしたのは斤吉《きんきち》、大久保田《おおくぼた》埜介《のすけ》、伸五郎《しんごろう》という三人の男の名である。それぞれの住みかも教えてくれた。

うなずいて直之進は、それを帳面に書き留めた。三人の名と住みかを読み上げ、まちがいないか、公造に確かめた。

「大丈夫でございます。合っております」

うむ、と直之進は顎を引いた。

「大久保田埜介という御仁は侍か」

「はい、さようにございます」

「――浦野屋、力を貸してもらい、助かった。恩に着る」

「いえ、なんでもないことでございますよ」

さらりと公造がいった。

「江戸の者は冷たいと、ときおり聞きます。確かにそういう面はあるでしょうし、人と人とのつながりが、味噌をけちった味噌汁のように薄くなってきつつあるのはまちがいないかもしれません。しかし、そういうときだからこそ、逆に人同士の絆を大事にしたいと思って、手前は常々商売に励んでおりますよ」

「すばらしい心がけだな」

「ありがとうございます」

「では、俺は行く。まことにかたじけなかった」

きびすを返して、直之進は店を出た。

「湯瀬さま、またいらしてください」

戸口で、名残惜しそうに公造が声をかけてきた。体ごと向き直り、直之進は相対した。

「すべて片づいたら、そうさせてもらう。おぬしもこの一件の顚末《てんまつ》を知りたかろう」

「それももちろんでございますが、湯瀬さまがもしご浪人ならば、お仕事をご紹介させていただきたいと思ったのでございますよ。ぴったりと思える仕事がございますので」

自分には米田屋がある。娘のおきくを嫁にしようとしている上に、友垣の琢ノ介が光右衛門の跡を継ごうとしている。そんなときに、他の口入屋に仕事を紹介してもらうのは、なにか裏切りのような気がする。

「いろいろと子細《しさい》がおありのようでございますな」

直之進の顔色を見て取ったらしく、公造がにこやかにいった。

「うむ、その通りだ。浮き世の義理というやつだ。すまぬな」

「謝られるようなことではございませんよ。本当に湯瀬さまにぴったりのよいお仕事だと思ったものですから」

さすがに興味を引かれたが、今はそういうときではない。

「俺がこの店の敷居を再びまたいだときに、その仕事のことを教えてくれ」

「そのときには、もうほかのお方がその仕事に就いているかもしれませんが、かまいませんか」

「もちろんかまわぬ。仮にその仕事が埋まっていなかったとしても、果たして俺が受けられるかどうかわからぬしな」

あらためて礼をいって、直之進は浦野屋をあとにした。公造が外に出て見送っている。

歩きつつ帳面を見、書き留めた三人の住みかを頭に叩き込む。最も近い男は、斤吉のようだ。次に近いのは大久保田埜介である。公造は、直之進が行きやすいように、近い者から順番に教えてくれたのだろう。ありがたいことだ。

最初の辻を右に曲がり、十間ほど進んで左手に口をあけている路地に入った。人一人しか通れる幅がない。先が鉤の手《かぎて》になっており、そのまま進むと、五間ばかりで路地は途切れ、人通りのある道に出た。

江戸に来て、もう二年になる。道もだいぶ覚え、こうして土地の者しか知らないような路地も使えるようになった。

道の向かい側に表長屋が建っており、その脇に狭い路地があった。道を横切ってその路地に入った直之進は、裏長屋の木戸をくぐり抜けた。路地を挟んで二つの長屋が向かい合っている。それぞれの長屋に、八つの戸口がついている。左側に井戸があり、突き当たりに厠が見えている。なかなか古い長屋で、建物自体、相当がたがきていそうだ。

無人の路地を進み、直之進は右側の二つ目の戸口に立った。障子戸を叩き、斤吉の名を呼ぶ。

「どなたですかい」

中から応えがあった。

「湯瀬直之進という者だ。浦野屋の紹介でまいった」

「浦野屋さんの……」

つぶやく声が聞こえ、人影が映り込んだ障子戸が横にするりとあいた。古いが、意外に建てつけはよいようだ。

四十過ぎと思える男が狭い土間に立っている。月代《さかやき》は剃ってはいるものの、手入れはされておらず、毛がまばらに生えている。ぎょろりとした目が大きく、がっしりとした顎はなんでも嚙み砕きそうだ。

「斤吉だな」

「はい、さようで。お侍、あっしになにかご用ですかい」

「うむ、堀田家のことで話を聞きたくてやってきた」

「堀田さまのことで。さようですかい。立ち話もなんですから、お上がりになりますかい。汚いところで、茶も出ねえんですけど」

「急ぐゆえ、遠慮しておこう。おぬしがこの男を知っているかどうか、知りたいのだ」

人相書を取り出し、直之進は斤吉に見せた。斤吉が手に取り、目を細めてじっと見る。

「見覚えはありますね」

「まことか」

「ええ。この人は確か、出入りの商人《あきんど》の一人じゃないですかね」

「出入りの商人――」

それは考えつかなかった。

「なんという商家だ」

顔をしかめて斤吉が思い出そうとする。

「すみません、わかりませんねえ。なにしろ堀田さまは、ご老中の首座をつとめられたお方ですからねえ。当時は飛ぶ鳥を落とす勢いで、それこそ出入りしていた商家は星の数ほどありましたから」

それはそうだろうな、と直之進は思ったが、ここであきらめるつもりはない。

「なんとか思い出せぬか」

「あっしには無理ですよ。堀田さまには長く使ってもらいましたけど、ただの渡り中間ですから。商家の名もろくに知らねえんですよ」

「ならば、堀田家に出入りしていた商家のことを詳しく知っている者に心当たりはないか」

「でしたら、大久保さまがよろしいと思いますよ。堀田家がお取り潰しになる前は、勘定方《かんじょうかた》でしたから、出入りの商家には詳しいのではないかと思いますぜ」

「大久保田埜介どののことか」

「ええ、よくご存じで」

「大久保どのは、浦野屋を通じて堀田家に仕官したのか」

「いえ、ちがいますよ。堀田家がお取り潰しになってから、糊口《ここう》をしのぐために何度か浦野屋さんを頼ったということでしょう」

「なるほど、そういうことか」

「大久保さまのことも、浦野屋さんから聞かれたんですかい」

「そうだ」

「ならば、どこにお住まいか、おわかりでやすね」

「知っている。ここからそんなに離れておらぬな」

「一町半ほどですよ。今は吉朝庵《きっちょうあん》という算盤塾《そろばん》をなさっていますから、すぐにわかりますよ」

「そうか、大久保どのは算盤塾のお師匠なのか。もう一つきいてよいか」

「はい、どうぞ」

「大久保どのは信用できる人か」

「もちろんですよ。信用できます。元勘定方だからといって、決して堅物じゃありません。塾の子供にも人気があります」

「堀田家が潰れたことについて、なにかいっていなかったか」

「さばさばしたものでしたよ。自分のあずかり知らぬところで、不正が行われていたようだ、お取り潰しも致し方あるまい、と前におっしゃっていたのを聞いたことがあります」

そうか、と直之進は思った。ならば、今回の企てに加担していることはまずないだろう。

「斤吉、かたじけなかった」

「いえ、いいんですよ。お役に立ちそうですかい」

「もちろんだ」

丁重に礼を述べて、直之進は障子戸に手をかけた。頭を下げた斤吉の姿がゆっくりと消えてゆく。

すぐに路地を歩き出した直之進は再び通りに出た。東へ向かう。算盤指南吉朝庵という看板が見えた。今は算盤を教えている最中だろうか、と直之進は思った。もしそうなら、話は聞けないかもしれない。

柱だけの門があり、その奥に一軒家が建っている。平屋で建坪は、四十坪は優にありそうだ。門を通り抜けるときに子供の声がするかと耳を澄ませたが、家は静かなものだ。人の気配はほとんどしていない。算盤の珠《たま》を弾く音も聞こえない。もしかすると、今日は休みなのかもしれない。

敷石を踏んでゆくと、手入れの行き届いた庭に出た。濡縁《ぬれえん》があり、その前に細長い沓脱石《くつぬぎいし》が置かれている。あけ放たれた腰高障子の奥の広い畳敷きの部屋で、子供が算盤を学ぶようだ。手習所と同じように、部屋の隅に天神机《てんじんづくえ》が積み上げられている。今日は、やはり休みではないか。

「ごめんください」

沓脱石に立ち、直之進は訪いを入れた。

「はい、どなたかな」

すぐに応えがあって隣の間の襖《ふすま》があき、三十代半ばと思える痩身の侍が出てきた。十徳を着ている。濡縁のそばまで来て、直之進を見つめる。ほっそりとした顔をしており、目が細く、鼻が高く、耳が大きい。渋柿のような赤黒い顔色である。

「それがし、湯瀬直之進と申す。大久保どのでございましょうか」

「さよう」

「堀田家のことについてうかがいたいことがあり、まかりこしました」

「聞きたいこととおっしゃると」

田埜介が単刀直入にきいてきた。

「この男です」

人相書を取り出し、直之進は田埜介に見せた。

「こちらにうかがう前に斤吉に話を聞いたのですが、斤吉によれば、堀田家に出入りしていた商人ではないかということでした」

「うむ、確かに」

人相書に目を落として田埜介がうなずく。

「出入りの商人の中にこの男は確かにおった」

「商家の名はわかりますか」

「ちょっと待ってくだされ」

眉間にしわを寄せ、田埜介が考え込む。

「湯瀬どのといったか。その前にどうしてこの男の素性を調べているのか、教えてくださらぬか」

「わかりました」

もっともだと思った直之進は大きくうなずき、ここにやってくるまでのあらましを手短に話した。

聞き終えて田埜介が呆然とする。

「亡くなった我が殿の復讐劇が行われているとおっしゃるのか」

「その通りです」

「信じられぬことをする輩《やから》がいるものよ。復讐などして、いったいなんになるのか。我が主家が取り潰しになったのは、不正が行われたゆえで、人をうらむ筋合いはない。まったくこの世に愚か者の種は尽きぬ。逆うらみそのものではないか」

憤怒《ふんぬ》の形相で田埜介は身を震わせている。その顔に偽りはないようだ。

「この人相書の男が、湯瀬どの友垣を殺す片棒を担いだというのは、まちがいないのですね」

「まちがいありませぬ」

「さようか」

人相書をていねいに折りたたみ、田埜介が返してきた。

「この男は増島屋《ますじまや》という商家の手代だな」

「増島屋の手代ですか」

「うむ、まちがいない。この男は堀田家の上屋敷によく出入りしていた。話をしたことはないが、顔は覚えている」

「この男の名は」

「知らぬ。聞いたことはあるのかもしれぬが、覚えはない」

「さようですか。増島屋はなにを商っているのですか」

「油問屋だ。上屋敷や下屋敷などで使われる油を納めていた」

「増島屋はどこにありますか」

「ここから北へ五町ばかり行ったところだ」

「わかりました。ありがとうございました」

「湯瀬どの、増島屋へ行かれるのか」

「そのつもりです」

「無駄足かもしれぬ」

「どういうことでしょう」

「増島屋は潰れたのだ。堀田家の取り潰しとときを同じくしてな。最も大事な得意先を失い、急激に傾いたそうだ」

軽く咳払いをして田埜《し》介《さん》が続ける。

「家人も奉公人たちも四散したと聞いた覚えがあるな」

うむう、と直之進の口からうなり声が漏れた。せっかくここまでわかったのに、まさか肝心の増島屋が潰れているとは考えもしなかった。さて、どうすべきか。

目を上げ、直之進は田埜介を見た。

「大久保どのは、この人相書の男のほかに増島屋の者をご存じですか」

「主家があった頃は知り合いはおった。だが、今はおらぬ」

「さようですか」

「いや、手蔓《てづる》を使えば、もしかすると一人くらいはわかるやもしれぬ。もしわかったら、知らせるゆえ、湯瀬どのの住みかを教えてくれぬか」

「かたじけない」

礼をいって、直之進は小日向東古川町の長屋を伝えた。それを田埜介が帳面に書き留める。

「よし、これで大丈夫だ」

顔を上げて、田埜介がにこりとした。人なつこそうな笑顔で、これなら子供が懐《なつ》くのも当然だと思えた。

「湯瀬どのはなにを生業《なりわい》にしておられる」

「今は浪人も同然です。正直、なにもしておりません」

「剣の腕前は相当のものと見たが、ちがうか」

「そこそこは遣えます」

ふふ、と田埜介が笑う。

「謙遜よな。湯瀬どのは子供に好かれそうだ。手習師匠でもしてみたらどうだ。きっと流行《はや》ろうぞ」

「子供は好きですが、人に教えるほど学問は得手ではありませぬ」

「得手でなくてもよいのよ。優しさと情熱があればな。ときに厳しさも必要だが、子供には優しく接することが最も大事だと思う。とにかく伸び伸びさせることだ。そうすれば、子供は信じられないほど伸びてゆく。見ていて胸がすくほどだ」

「ほう、そういうものですか」

「どうだ、やらぬか」

「今のところは無理でしょう」

「そうか、残念だ。湯瀬どのが手習師匠になれば、すくすくと育つ子供の姿がたくさん見られるはずなのに」

「おほめいただき、ありがとうございます」

「それで湯瀬どの、これからどうする」

「増島屋があったところに行くつもりです。近所の者に話を聞いてみるつもりです」

「ああ、それもよかろうな。とにかく増島屋の者のことでなにかわかったら、必ず知らせる」

「お待ちしています」

増島屋への道順を詳しく教えてくれた田埜介と別れ、直之進は通りに出た。

田埜介のいう通りに道を進む。やがて一軒の店の前に立った。今は山鹿屋《やまがや》というろうそく問屋になっていた。

山鹿屋の奉公人に話を聞いたが、増島屋の家人や奉公人について消息を知る者はいなかった。自身番を訪ね、町役人たちにも同じ問いを発したが、増島屋のことについて、なにも聞いていないとのことだ。

ここは田埜介の知らせを、とりあえず待つしかないようだ。大きく息をついて、直之進は歩きはじめた。

なんとなく、光右衛門の容体《ようだい》が気になっている。

歩き出して、ほんの半町も行かないときだ。どこからか目を感じた。

いやな目で、粘ついている。堀田一派の者にちがいない。

どこからだ。

背後から見ている。

足を徐々にゆるめつつ、直之進は背中に神経を集中し、その者がどこから見ているか、必死に探った。

山鹿屋の横にある路地ではないか。

まちがいない。

振り向きざま、直之進はだっと地を蹴った。半町の距離を一気に駆け抜ける。

いつでも刀を抜けるように鯉口《こいぐち》を切りつつ、路地をのぞき込んだ。

誰もいない。

くそう。直之進は唇を嚙んだ。

逃げ足の速いやつめ。

俺のことを見ていたのは、と直之進は覚った。あの人相書の男ではないか。きっとそうに決まっている。

人相書の男は、俺に嗅ぎ回られるのをいやがっているのではないか。捜し当てられるのが怖くてならないのだ。

となると、俺の探索はいい方向に進んでいるということだ。

路地の奥をにらみつけてから、直之進は再び歩き出した。

次は必ず引っ捕らえてやる。

強い決意を胸に直之進は歩を運んだ。

三

――ここだね。

足を止め、富士太郎は建物を見上げた。老舗《しにせ》ということもあるのか、店はなかなかの宏壮《こうそう》さを誇っている。

矢間川屋と太く墨書された扁額《へんがく》が、富士太郎と珠吉を睥睨《へいげい》するように屋根に掲げられている。店の横の柱に、瀬戸物、という看板が出ていた。

「ごめんよ」

暖簾を払って、珠吉が訪いを入れる。

「いらっしゃいませ」

所在《しょざい》なげに売り物にはたきをかけていた男がこちらを向いた。入ってきたのが富士太郎たちだと知り、ていねいに小腰をかがめてから近づいてきた。

「これは樺山の旦那」

歳は五十をいくつか過ぎている。あるじの津兵衛《つへえ》である。

「今日はなにかご入り用でございますか」

店には瀬戸物が所狭しと並んでいる。

「いや、ちょっと話を聞きたくてやってきたんだよ」

「手前にでございますか」

「うん、そうだよ」

「手前は、悪いことはしておりませんが」

いわれて富士太郎は苦笑した。

「おまえさんになにか疑いをかけているとかそういうことじゃないよ。おまえさん、利聖さんを知っているね」

「ええ、存じています」

ほっとしたように津兵衛がうなずく。

「按摩さんですね」

「よく使っているのかい」

「ええ、腕がいいものですから。利聖さんは、口入屋の米田屋さんに紹介されたんですよ。手前は指圧が大好きで、それまでいろいろな按摩さんを呼んでいたのですが、ここ二年は利聖さんだけですよ。もんでもらうと、あまりの気持ちよさについ寝入ってしまうほどですよ」

「ふーん、そうなのかい。ところで、利聖さんが殺されたことを知っているかい」

「ええっ」

津兵衛は驚愕し、目を白黒させている。

「まことのことですか。まことのことなんでしょうね」

「おいらは嘘はいわないよ」

「そうか、もうあの技を味わうことはできないのか。樺山の旦那、利聖さんが殺されたのはいつのことですか」

「死骸が見つかったのは、おとといの朝のことだ。殺されたのは、その前の晩だね」

喉仏を上下させて、津兵衛が言葉をしぼり出す。

「そ、そうだったのですか。しかし手前はその晩、利聖さんを呼んでいませんよ」

「それはいいんだよ。おまえさんに聞きたいことは、利聖さんにうらみを抱いているような者に心当たりがないかってことだ」

「利聖さんにうらみですか。手前はうらみなどもちろん抱いておりませんが、さて、そのような人がいましたかね」

しきりに首をひねっていたが、そうだ、と津兵衛が声を上げた。

「いましたよ、一人」

「誰だい」

「菊造《きくぞう》さんという人です」

「その菊造という男は、利聖さんにうらみがあるのかい」

「菊造さんは錺《かざり》職人なんですけど、酒が好きで、ときおりうちにぐい呑みを買いに来るんですよ。半年くらい前ですかね、利聖さんから、怖い目に遭ったって聞きましたよ。なんでも『殺してやる』と菊造さんが利聖さんにいったそうですよ」

「殺してやるか。そいつはまた剣呑《けんのん》な物言いだね」

　しかし半年前か、と富士太郎は思った。うらみの深さにもよるだろうが、半年前のうらみを、今になって晴らそうとするだろうか。

「どうして利聖さんは、そんなことを菊造にいわれたんだい」

「菊造さんの女房のおそらさんが関係していると思いますよ。利聖さんも、なにがあったのか、はっきりとはいわなかったんですよ」

　津兵衛に菊造の住まいを聞いた富士太郎たちは、すぐさま向かった。

　目指す菊造の家はすぐに知れた。角地に建つ一軒家である。四部屋はある家で、菊造の稼ぎは相当いいのだろうと容易に察せられた。

　菊造は家で仕事に励んでいた。細かな作業道具がずらりと並べられた部屋に、富士太郎と珠吉は招じ入れられた。火鉢の中で炭が真っ赤になり、あたたかさを送っている。

「一人かい」

　富士太郎はまずたずねた。

「ええ、そうですよ」

　作業をしている机を背にして、菊造は富士太郎たちに顔を向けている。

「おそらさんは、出かけているのかい」

「えっ」

驚いたように目をむき、菊造がまじまじと富士太郎を見つめる。

「あいつとは、とうに離縁したんですよ」

「えっ、そうなのかい。いつのことだい」

「もう二月《ふたつき》ばかり前ですよ」

「ああ、そうだったのかい」

「八丁堀の旦那、いったいなにを聞きに見えたんですかい」

苛立ったように菊造がきく。

「いや、その前にちょっと失礼しやすぜ」

菊造が机の下から大徳《おおどつくり》利を取り出し、そばに転がっていた湯飲みに酒を注ぐと、ぐいっと一気に飲んだ。ぷはー、とうまそうに息をつく。酒の芳香があたりに広がった。

「酒が好きなんだね」

「好きですよ。こいつがなきゃ、この世の中、生きていけねえっすよ。それで八丁堀の旦那、どうしてここにいらしたんで」

「按摩の利聖さんのことだよ」

いって富士太郎は菊造の顔をさりげなくうかがった。むろん斜め後ろに控えた珠吉も同じことをしている。

「利聖がどうかしましたかい」

別に菊造の顔色に変化はない。

「殺されたんだ」

眉根を寄せ、菊造がいぶかしげな顔つきになった。

「利聖のやつ、殺されたんですかい」

「知らなかったかい」

ふっ、と菊造が小さく笑いを漏らした。

「知りませんよ。八丁堀の旦那は、あっしを疑っていらっしゃるというわけですね」

「おまえさん、利聖さんに『殺してやる』っていったらしいね」

「どこで聞いたんですかい」

「それはいえないよ」

「確かに、いいましたよ。でも、それは半年も前のことですよ」

「おまえさんが、わざとときを置いたってことも考えられるからね」

「殺しちゃいませんよ。だいたい、あんなことで利聖を殺すはずがない」

「利聖さんと諍いがあったらしいね。なにがあったんだい」

「女房が、いや、元女房のおそらが半年前のある晩、流しの按摩の笛を聞いた途端、家を飛び出していったんですよ。連れ帰ったのが利聖でしてね。おそらは按摩が大好きで、よくやってもらっていたんですけど、利聖はひじょうにいい腕だったらしく『ああ、あんたを亭主にしたいくらいだよ』と隣の部屋でいったのが聞こえたんですよ。あっしはそのとき夜なべの仕事中で、ちょっと酔っていたこともあって、誰が苦労して食わせてやっているんだ、と腹が煮えたんですよ。それで隣の部屋に怒鳴り込み、女房の体をまさぐっているようにしか見えなかった利聖に向かって、つい、殺してやるっていっちまった。ただそれだけのことですよ」

「ふむ、そういうことかい」

まだすっかり疑いを解いたわけではないが、この男ではないね、という思いに変わってきている。

「それで女房と別れることになったのかい」

「別に利聖のことが原因じゃありませんよ。それまでいろいろとあって、そのあともいろいろあったんですよ。話し合った末、別れたほうがよかろうということになりましてね。互いに納得して別れたんですよ」

「ふーん、そうかい」

「利聖と女房とのあいだに、まちがいがあったわけじゃありませんしね。もうおそらとは別れちまったのに、今さら利聖を殺してどうなるもんでもないでしょう」

「三日前の晩はなにをしていたんだい」

新たな問いを富士太郎は発した。

「三日前――、その日でしたら仕事をしていやしたよ、急ぎの仕事があったんで。どうしても間に合わせなきゃいけなかった」

ここには殺しの凶器になりそうな物がごろごろしているね、と富士太郎は思った。

「それを明かしてくれる人はいるかい」

「いますよ。あっしが酒を飲まねえように、小間物屋の手代が泊まり込んで見張っていたんですから。あっしは飲むと、どうしても寝ちまうもんで」

「その小間物屋はなんというんだい」

「新藤屋《しんどうや》さんですよ。手代の名は雅吉《まさきち》さん」

それを珠吉が帳面に書き留めている。

「おそらさんは今どこにいるんだい」

「話を聞きに行かれるんですかい」

「そのつもりだよ」

「行ったところで、あっしが利聖を殺した証拠などつかめないと思いますよ」

「なにか新たな話が聞けるかもしれないじゃないか。おいらはむしろそっちのほうに期待しているんだよ」

「そういうことですかい」

また酒をぐびりとやって菊造がおそらの住まいを告げた。それも珠吉が書き留める。

ほかに聞くことはあるかな、と富士太郎は自らに問うた。別段ないように思えた。

「じゃあ、これで。邪魔したね」

「あっしの疑いは晴れましたかい」

「もちろん新藤屋には確かめさせてもらうけどね」

「新藤屋さんの場所はおわかりですかい」

「小間物屋の新藤屋なら知ってるよ。あるじは徹右衛門《てつえもん》さんだ」

「ええ、その通りですよ」

火箸《ひばし》を手に取り、菊造が火鉢に新たな炭を入れた。白い煙が天井を目指して、立ちのぼってゆく。

「じゃあ、これでね」

「ええ、失礼します」

座ったまま菊造が頭を下げる。どこかほっとした感じが体からにじみ出ていた。

珠吉をうながし、富士太郎は外に出た。

「ちがいますね」

歩きはじめてすぐに珠吉がいった。

「うん、犯人は菊造じゃないね」

「新藤屋さんはどうしますかい。確かめますかい」

「いや、別に後回しでもいいよ。その前におそらさんに会おうよ。利聖さんについて、新たな話が聞けるかもしれないからね」

おそらの家も一軒家だった。こちらもなかなか広い。枝折戸《しおりど》の前で立ち止まり、富士太郎は目の前の家を眺めた。

「おそらさんも稼ぎがいいのかね。それとも、離縁の際、菊造からたんまりともらったのかねえ」

「どうも三味線《しゃみせん》の師匠のようですぜ」

家の横に張り出している看板に気づいて、珠吉がいった。

「ああ、本当だ。ここで教えているんだね」

今は稽古をしてないのか、三味線の音は聞こえてこない。

枝折戸の先には、小ぶりな敷石が続いていた。それを踏んでゆくと、戸口に突き当たった。

「ごめんよ」

富士太郎の前に立った珠吉が訪いを入れる。

「はーい」

すぐに女の声で応えがあった。声には媚《こ》びるような艶めかしさが感じられた。

珠吉が後ろに下がり、代わって富士太郎が前に立った。ほぼ同時に戸が横にあき、三十前と思える女の顔がのぞいた。

「おそらさんだね」

訪ねてきたのが町方役人とわかって、形のよい口から、あら、という声が漏れた。

「八丁堀の旦那がいらっしゃるなんて初めてだわ。——あの、三味線を習いたくてお見えになったんですか」

「いや、そうじゃないよ」

はっきりとした声音《こわね》で富士太郎は告げた。

「利聖さんが殺されたんだ。それで話を聞きたいと思って来たんだ」

「えっ、利聖さんが殺されたって、それは本当ですか」

「嘘はいわないよ」

「そんな……」

しばらく呆然としていたが、おそらは我に返ったように富士太郎と珠吉に目を向けた。

「お入りになりますか」

「いいのかい」

「どうぞ、独り身で誰もいませんから、遠慮なさることはありませんよ」

「じゃあ、甘えさせてもらおうかね」

おそらの先導で富士太郎と珠吉は家に上がった。きれいに片づいている。そこはかとなくいいにおいがしている。匂い袋が至るところに忍ばせてあるのかもしれない。

富士太郎と珠吉は、奥の座敷に通された。ここで三味線を教えているのだろうか。

二つの湯飲みがのった盆を持って、おそらが入ってきた。

「どうぞ」

湯飲みを富士太郎たちの前に静かに置く。

「すまないね」

「お茶ぐらいしかお出しできませんが」

「十分だよ。――珠吉、いただこうかね」

「へえ」

富士太郎は湯飲みを手にした。手のひらにじんわりと温かみが伝わる。気持ちがほっとする。茶をすすった。苦みと甘みがやんわりと口中に広がってゆく。

「ああ、おいしいねえ」

「そうですか。よかった」

顔をほころばせたが、利聖のことに思いが至ったか、おそらがしゅんとなる。

「誰に殺されたか、八丁堀の旦那は調べていらっしゃるんですね」

「そうだよ。おそらさんを疑っているわけじゃないよ。利聖さんを呼んだことがあるらしいね」

「ええ、何度も」

「菊造と一緒だった頃も呼んだね」

「ああ、あの馬鹿亭主。稼ぎはいいけど、それを鼻にかけて、誰が食わせてやってるんだ、が口癖だったんですよ」

「それは女の人は腹が立つだろうねえ」

「立ちますよ」

憤然《ふんぜん》としておそらがいった。

「それだけじゃないんですよ。あの馬鹿亭主、あまりに悋気《りんき》持ちで、些細《ささい》なことですぐ焼餅《やきもち》を焼くんです。おかげであたしたち、諍いが絶えなかった。それで、別れたんですよ。ほんと清々《せいせい》しましたよ。男と立ち話をしても文句をいわれない。男を家に上げても怒鳴られることはない。こんな気楽な暮らし、もっと早くはじめていればよかったですよ。焼餅焼きの男となんか、一緒になるもんじゃないですね」

「そうなのかい」

「そういえば、あの馬鹿亭主、初めて利聖さんを呼んだとき、殺してやるって口走ったけど、まさか……」

「菊造に話を聞いてきたけど、利聖さんが殺された晩は、新藤屋の手代と一緒だったようだね」

「じゃあ、馬鹿亭主がやったんじゃないんですね」

「おそらくね」

「ふう、よかった」

照れたようにおそらが笑う。

「やっぱり一度は夫婦だった男が人を殺したなんていったら、寝覚めが悪いじゃないですか」

「確かにね」

同意し、富士太郎はすぐに問いを放った。

「何度も利聖さんを呼んだことがあるっていったけど、それは一人になってからだね」

「ええ、この家に呼びました」

「利聖さんのこと、気に入ったんだね」

「ええ、すばらしい技の持ち主ですから」

「利聖さんとはよく話をしたかい」

「ええ、もちろん」

「どんな話をした」

「ほとんどが世間話ですよ。あと、利聖さんのお客の話です。女の一人暮らしのところに行って仕事に励んでいると、たまにその気になっちゃう人がいるらしくて、往生《おうじょう》するなんてよくいっていましたよ。もちろん、あたしはそういうことはありませんよ。あたしは、按摩されるのが好きで、そっちはお盛んじゃありませんからね」

うん、と富士太郎は素直にうなずいた。

「ほかにどんな話をした」

「いえ、これといって……」

「客と諍いになったというような話は聞いていないかい」

「いえ、ありませんね」

ほとんど間をおくことなくおそらが答える。

「そうかい。それじゃあ、利聖さんの得意客を知らないかい」

「あたしの知り合いでは一人ですよ」

「一人いるんだね。誰だい」

「福天屋さんですよ」

「油問屋の福天屋さんだね。利聖さんをよく呼んでいたのは、隠居の伊右衛門さんかな」

「伊右衛門さんの別邸にあたし、たまにお邪魔するんです。伊右衛門さんて、お道楽がたくさんありましてね、あたしが三味線を教えているんです」

「福天屋の隠居が利聖さんの得意客か」

「利聖さん、伊右衛門さんにかわいがられていたらしいですよ。あたしも、伊右衛門さんからとてもいいと聞いてましたから、いつか利聖さんが近所を流してくれないかと心待ちにしていたんですよ」

福天屋か、と富士太郎は思った。おそらに礼をいって、外に出る。

「珠吉。疲れていないかい」

「疲れてなんかいませんよ。あっしはただ座って話を聞いていただけなんですから」

「座っているだけでも疲れるときはあるじゃないか」

「ありやすけど、あっしは大丈夫ですよ。年寄り扱いしないでください」

「わかったよ。じゃあ、伊右衛門さんの別邸に行ってみようかね」

「ええ、まいりやしょう。旦那、道はわかりやすかい」

首筋を指先でかいて富士太郎は苦笑いした。

「おいらは定廻《じょうまわ》りの端くれだよ。縄張内で知らない道はもうないよ」

「それはお見それしやした。でしたら、先導する必要はありやせんね」

「うん、おいらが珠吉を連れていってやろう」

一陣の風が通りを吹きすぎてゆく。その風をものともせずに、富士太郎はすたすたと歩き出した。うしろを珠吉がついてくる。

その足取りの確かさに、富士太郎はほっと安堵の息をついた。

四

ようやく着いた。

着いてみればみじかく思えるが、道中はひどく長く感じられた。もうふらふらだ。まさに疲労困憊《ひろうこんぱい》といってよい。

「うう……」

宿場の入口で馬から下りた途端、尻から腰、肩にかけて激痛が走り、うめきそうになった。痛いことこの上ないが、そんなことは意地でも口にしたくない。供の永沢貫一《ながさわかんいち》は顔をしかめ、黙って痛みに耐えている。

「よし、行くか」

腰を伸ばして、淀島登兵衛は貫一に声をかけた。痛みは少しだけ弱まっている。

「はっ」

貫一が元気よく答える。

「無事に着いたな、貫一」

「はっ、着きもうした」

「さすがに強行軍だったな」

ふつうなら四泊する道中を、半分の二泊で駆け抜けたのだ。乗り潰すような真似はしたくなく、馬は何頭も替えた。

「旅籠はなんといったかな」

「和佐屋《かずさや》にございます」

「貫一、よく覚えておるな」

「なにしろ珍しい名ですし、かずさといえば上総下総《かずさしもうさ》の上総が思い浮かびますが、異なる字が当てられていますので」

なるほど、と登兵衛は馬を引きながら思った。それにしても、あたりは一面雪が降り積もり、大気は冷え切っている。身震いが出た。

「寒いな」

「まこと信じられない寒さでございます」

「この寒さは江戸では決して味わえんな」

「これも旅の一興《いっきょう》でしょうか」

貫一はまだ二十代半ばである。馬に乗りっぱなしだったきつさは登兵衛ほどには感じていないだろう。わしも若さがほしい、と登兵衛は思った。その貴重さに若いときは気づかないものだ。ひたすら若さを浪費してしまう。もし今の自分に貫一の若さがあったら、大事に慈《いつく》しんで使うのに、それはもう二度と許されない。

「今日から動きますか」

「いや、じき日が暮れる。和四郎には悪いが、わしは動けぬ。今はただひたすら横になりたい。なにしろ体が自由にならぬのだ」

「承知いたしました」

「貫一は疲れておらぬのか」

「疲れ切っております。横になりたいとも思いますが、その前にたらふく飯を食べたいと思っています」

「わしの分も食べてかまわぬぞ」

「ありがとうございます」

一瞬うれしそうにしたが、なにをしに諏訪まで来たか、それに思いが至ったようで貫一はすぐに表情を引き締めた。

いや、ちがう。甲州街道沿いにいろいろな建物が並んでいるが、貫一は近くの建物にじっと目を当てているのだ。

「どうかしたか」

「いえ、なにやら誰かが見ているような気がしたものですから」

「まことか。どのあたりから見ていた」

「はっきりしませぬ。あのあたりではないかと思うのですが」

そこは旅籠が三軒ばかりかたまっているところだった。どの窓も寒さを避けるように、固く閉じられている。人影などどこにもない。

「気のせいかもしれませぬ。それがしも疲れているので、なにやら幻覚の類を見たのかもしれませぬ」

「だが、油断はできぬ。堀田一派の者がいてもおかしくない地だ」

「御意。——ああ、こちらですね」

手を上げ、貫一が一軒の旅籠を指さした。

「和佐屋とあります」

「よし、入ろう」

二人の奉公人が外に出てきた。歳がややいった男と、まだ二十歳前と思える若者だ。

「お泊まりでございますか」

年かさの奉公人のほうがきいてきた。こちらが番頭か。

「うむ、そうだ。文で予約した淀島だ」

「淀島さま。はい、お待ちいたしておりました。お二人さまにございますね」

「うむ、そうだ」

「馬をお預かりいたします」

登兵衛と貫一は馬から荷物を下ろした。それを番頭がうやうやしく受け取る。

手慣れた様子で若い奉公人が二頭の馬を引き、旅籠の裏手に連れてゆく。

「こちらにどうぞ」

番頭にいわれて土間に入り、登兵衛たちは上がり框《かまち》に腰かけた。さすがに尻が痛い。むう、と登兵衛はうなり声を上げそうになった。

すすぎのたらいがもたらされ、女中がていねいに足を洗ってくれた。水ではなく、湯が用いられている。温泉だろうか。思わず目を閉じてしまうほど気持ちがいい。

「かたじけない」

礼をいうと、女中がにっこりと笑った。

部屋に案内された。

「こちらに置いておきます」

手にした荷物を番頭が部屋の隅にそっと置いた。

「食事になさいますか。それとも、お風呂になさいますか」

「わしは風呂に浸かりたい。ここは温泉だな」

「さようにございます」

「供の者は先に食べさせてやってくれ」

「いえ、それがしも一緒にまいります」

考えてみれば、警護の者としては当然だろう。

「ならば、二人で風呂に浸かってくるゆえ、そのあいだに食事の支度をしておいてくれるか」

「承知いたしました」

宿帳を書いて登兵衛たちは風呂に浸かった。熱い湯が体にしみてゆく。寒さが厳しい分、温泉がなんとも心地よい。

体が温まると、登兵衛にも食欲が出てきた。風呂から上がると、用意されていた膳の前に座り、がつがつと食べた。腹一杯になったら、一気に眠気が襲ってきた。それは貫一も同じようだ。

敷いてもらった布団に横になった。一気に眠りの海に引きずり込まれた。

「淀島さま」

体を揺すられ、登兵衛は目覚めた。眼前に貫一の顔がある。

「どうした」

「いえ、朝になりました」

「なに」

先ほど横になったばかりのような気がするが、障子窓の向こうは確かに明るい。雀の声もする。それにしても、恐ろしく寒い。

「あっという間に朝がきおったな」

「まったくです。ほんの一瞬、寝ていただけのような気がいたします」

旅籠の中は静かだ。

「ほかの泊まり客はもう旅立ったのか」

「おそらくそうでしょう」

「いま何刻かな」

「六つ半という頃合いではないでしょうか」

「それはまた寝過ごしたものよ」

すぐに朝餉がもたらされた。それをまたがつがつと登兵衛たちは食した。

「よし、貫一、出かけるか」

「はっ」

和佐屋を出て、諏訪高島城に向かう。

城は、和佐屋から未申《ひつじさる》の方角にほんの二町ほど行ったところにある。築城当時は諏訪湖の水に石垣を浸していた水の城だったらしいが、干拓で田畑が増えたこともあり、今は陸地の中の平城《ひらじろ》に変わっている。黒さの際立った天守《てんしゅ》が、きれいに晴れ渡った空を突くようにそびえている。形のよい三層の天守だ。

「あの天守の屋根は瓦ではないようですね」

歩きながら望見《ぼうけん》して貫一がいう。

「よくわかったな。あれは柿葺《こけらぶ》きというらしい。この地の寒さでは瓦は割れてしまうのだな。そのため、天守の屋根は檜《ひのき》の板を葺いたものになっている」

天気がよい分、今朝の冷え込みはきつい。体の芯《しん》からしびれる感じだ。降り積もった雪に陽射しがはね返り、目にまぶしい。厳しい寒さが続いているせいで、諏訪湖は今も凍りついているそうだ。

いま登兵衛たちが歩いているのは、まわりが田畑の中、まっすぐ城に向かって延びている道である。

「ここは縄手道《なわてみち》というはずだ」

前を行く貫一に登兵衛は告げた。

「城に通ずる道は、これ一本ですね。高島城というのは、攻めるにむずかしい城ですね」

「うむ、まこと堅城《けんじよう》だな」

縄手道を通り抜け、鉤の手を右に曲がると、大手門が見えた。二人の門衛《もんえい》がおり、その背後の詰所には大勢が詰めているようだ。

登兵衛は勘定奉行枝村伊左衛門《えだむらいざえもん》の家臣であり、公儀から正式に派遣された使者という形を取っている。老中水野伊豆守から託された文も所持していた。

それを門衛に渡すと、すぐに三の丸にある御殿に通された。この曲輪には家老屋敷と御殿がある。御殿が政庁になっているのだ。表御殿だけで、奥御殿はないという。諏訪家の殿さまが家人たちと過ごす場所は、本丸御殿なのだろう。

玄関からすぐの座敷に正座した貫一は、ひどく緊張した面持ちを隠せずにいる。

「どうした」

「こういうところに入るのは初めてで、なにやら体が硬くなっております」

「気を軽く持て。確かにこの手の御殿という場所は、重苦しい空気がのしかかってくる。だからといって、取って食われるわけではない。気楽にしていればよい」

「はっ、そういたします」

目を閉じ、貫一が大きく息をついた。

貫一は相当の手練《てだれ》である。むろん、直之進ほどではないが、枝村家の中では相当のものだ。直之進がそばにいてくれれば、それ以上のことはないが、ない物ねだりでしかない。もっと多勢《たぜい》の供を連れてくることも考えないではなかったが、諏訪で身軽に動けることを登兵衛は優先したのである。

「お待たせしました」

やってきたのは、精悍な顔つきをした侍である。四十をいくつか過ぎた、落ち着いた物腰の人物だ。だからといって、安堵はできない。この人物が真摯に事に当たってくれるかどうかは、これからの話次第である。侍は風呂敷包みを大事そうに抱えていた。

「それがし、藤森慎輔《ふじもりしんすけ》と申します。お見知りおきを」

頭を下げ返し、登兵衛たちはそれぞれ名乗った。

「得姫さまの自害の一件で、こちらにいらっしゃったとうかがいましたが」

畳に座した慎輔がきいてきた。

「その通りにござる」

背筋を伸ばして登兵衛は深くうなずいた。

「諏訪にはいつ着かれましたか」

「昨日の夕刻にござる」

「それで今朝こちらにいらしたというわけでございますか。得姫さまの死になにか不審な点がござるのか」

「得姫は自死なされた。そのことを公儀に告げ知らせましたか」

「もちろん。こちらの責任はすべて認めておりもうすゆえ、今はご公儀の裁断を待っておるところにござる」

「なんらかの処罰が下されるようなことはござりますまい、安心なされよ」

「さようにござるか」

ほっと息をついて、慎輔がかすかな笑みを見せた。

「それで、淀島どのは、得姫さまの死の顚末をお知りになりたいということでございますな」

「さよう。留書《とめがき》があれば、是非とも拝見したいのだが」

「ここに用意いたしてござる」

風呂敷包みを解いて慎輔が一冊の帳面を取り出した。それを登兵衛に差し出す。

受け取った登兵衛は一礼して、留書を静かにめくった。

得姫が自死する瞬間を見たのは、江戸からやってきた四人の町人で、ちょうど凍りついた諏訪湖を渡ろうとしてそれを見たとある。

崖から飛び降りて凍った湖面に体を打ちつけたが、打ちどころが悪く、死骸の顔が潰れていたと記されている。

――やはり死んだのは別人ではなかろうか。

だが、となると、別の者が殺されたということにならないか。

そんなことを考えつつ、登兵衛はさらに留書を読み進めた。

得姫には侍女《じじょ》が一人ついていた。加代《かよ》といい、歳は二十歳前後ということだ。

それ以外、記されていない。

この加代が得姫の身代わりということはないのか。留書から顔を上げて、登兵衛は慎輔にただした。

「この加代という侍女は今どうしていますか」

「得姫さまが自死なされたあと、行方がわからなくなりもうした」

「得姫の自死したあとというのは、まちがいありませぬか」

「まちがいござらぬ」

大きく顎を引いて慎輔が断言した。

「加代という侍女は、今もって見つけ出せておらぬのですか」

「八方、手を尽くしたのですが、残念ながら」

おそらく侍女の一人がいなくなったくらい、諏訪家の者にとってはなんということもないのだろう。手を尽くしたというが、実際のところ放っていたにちがいない。

「加代という娘の出自はわかりますか」

「いえ、わかりませぬ。得姫さまの寵愛《ちょうあい》が最も深い者ということで、一人だけついてくるのを許されたと聞いております。堀田家が栄華を誇っているとき、すでに得姫さまについていた侍女とのことでござった。得姫さまが当地に流されてきたとき、望んでついてきたようにござる」

出自がわからなければ、実際のところ、捜しようがない。

――この加代という娘が、実は黒幕というようなことはないか。

あり得ぬ、と登兵衛は即座に断じた。一介の侍女に堀田家の残党を束ねられるはずがない。

となると、やはり黒幕は得姫と考えるべきなのか。得姫が生きているとすれば――、いま江戸にいるのだろうか。

江戸に帰るべきか。

だが、この程度の調べではどうにもならない。もっと調べ上げ、得姫が黒幕であるという確証をつかまなければならない。

このままでは江戸のどこにひそんでいるか、わかりようがない。

「ほかになにかお知りになりたいことがおありか」

慎輔にいわれて、登兵衛は顔を上げた。

「得姫の遺品はありませぬか」

「なにもありませぬ」

あっさりと慎輔にいわれて、登兵衛はあっけにとられた。

「それはなにゆえ」

「侍女の加代がすべて持ち去ったようにござる」

「さようか」

「遺品といっても、たいしたものはござらなんだ。古ぼけた能の翁面を得姫さまはとても大事にしていらした」

「翁面を……」

堀田正朝は能に造詣が深かった。自らも能を舞ったと聞く。能をよくする者が気に入られ、出世するのが早かったということも実際にあった。

「得姫が暮らしていた部屋を拝見できますか」

「ようござる」

気軽にいって慎輔が立ち上がった。

三の丸から二の丸に入り、大きな屋敷のそばを抜けて、馬場らしい広場に出た。ここからだと天守が右手に見える。細長い馬場を通り抜けると、左手に小さな門があり、その先に橋が架かっていた。堀の向こうが小さな曲輪《くるわ》になっている。

「ここは南の丸といいます。昔、東照大権現《とうしょうだいごんげん》さまの六男であらせられる松平《まつだいら》上総介《かずさのすけ》（忠輝《ただてる》）さまが配流されてこちらにいらしたときも、この曲輪で過ごされもうした。というよりも、上総介さまが流されてきたために、こちらがつくられたのでござる」

門をくぐり、橋を渡って登兵衛たちは南の丸に入った。人けはまったくない。建物はただの一つである。外に通じているのはいま渡ったばかりの橋だけで、あとはすべて堀と石垣に囲まれている。建物も松平忠輝が流されたときにつくられたものがそのまま残っているようで、かなり古びている。

「上総介さまは、ここで八十五人もの家臣とお過ごしになったそうでござる」

「ほう、八十五人も。それはすごい。さすがに東照大権現さまのご子息だけのことはござるな」

それだけの人数が暮らしていたのも納得がいくほど、書院造りの建物はかなり広かった。畳敷きの座敷がいくつもある。

「得姫はこの広い建物に、侍女の加代と二人切りで暮らしていたのですか」

「さようにござる。寂しかったでしょうな」

「しかし、どうやって抜け出したのですか」

「どうやら外から力を貸した者がいたようでござる。深夜、堀を小舟で渡り、縄ばしごをかけたのでござろう」

そこまでして脱出し、自死したというのか。

あり得ぬ、とまた登兵衛は思った。死ぬのなら、堀に身を投げるほうがたやすい。わざわざ城を抜け出して、あらためて自死するなど考えられることではない。

――やはり得姫は生きている。

確信した登兵衛は拳を固く握り締めた。

第四章

一

目覚めた。

すっくと布団の上に立ち、直之進は掻巻を脱ぎ捨てた。冷たい着物を素早く身につける。障子戸の向こうはまだ暗い。刻限は七つ半を過ぎたくらいだろう。もう十分すぎるほど寝た。眠けはまったくない。

相変わらず寒さは厳しいが、冷え込みがゆるみ出しているのを感じる。春はまちがいなく近づいてきている。あと二月もすれば、桜も咲きはじめるだろう。早くあたたかくならぬものか、と直之進は心待ちにしている。

障子戸をあけて外に出た。井戸端には、まだ誰もいない。ほっとする。歯を磨き、洗顔する。水は手が凍るほど冷たく、体に震えがきた。同時に空腹を覚え、直之進は急ぎ足で店に戻った。

昨晩、米田屋でもらった冷や飯がある。昨日の味噌汁をあたため直し、丼飯にざざっとかける。箸を持つや、一気に飯をかき込んだ。

こんな食べ方をしていると知ったら、おきくはどんな顔をするだろうか。沼里にいる頃は、さすがにこんな真似はしたことがない。江戸に来て、覚えた食べ方である。一膳飯屋などで人足や駕籠《かご》かきたちが丼飯に具の入ったつゆをかけてかっ込んでいるのを見て、なんとうまそうな、と思ってはじめたのだ。ただし、よそではやらない。家で食べるときだけである。

腹がくちくなり、元気が出てきた。味噌汁のおかげか、寒さもあまり感じない。

——よし、出かけるか。

職人ふうの男の人相書を忘れずに懐に入れる。ずっと持ち歩いていたから、ずいぶんとくたびれてきている。堅田種之助に描き直してもらう必要があるかもしれない。

いや、その前に必ず捜し出してみせよう。

和四郎の形見である大小を腰に差す。体に一本、芯が通ったような気分になった。和四郎どの、と直之進は天井を見上げて語りかけた。頼むぞ、今日も力を貸してくれ。

再び外に出て、障子戸を閉めた。顎を上げ、東の空を眺める。わずかに白んでいる。今がちょうど明け六つだろう。

おきくは、と直之進は長屋の木戸を抜けて思った。もう目覚めただろうか。働き者だから、とっくに起きて台所仕事をしているにちがいない。早く妻にしてやらなければ、と心から思う。

だが次から次へと事件が起き、直之進を落ち着かせてくれない。身辺が静まらない限り、おきくを妻に迎えることなどできない。

いや、そうではない。

唇を嚙み締めて直之進は思った。俺のせいだ。俺がしっかりしていないから、まだ妻にできずにいるのだ。

光右衛門を元気づけるためにも、おきくとの祝言を急がねばならない。

幸いにも、昨日、光右衛門の容体に変わりはなかった。相変わらず一進一退ではあるものの、光右衛門の顔を見て直之進はひと安心した。昨日覚えた胸騒ぎは、杞憂であったということだ。

今から米田屋へ行ってみるか。

おきくと光右衛門の顔を一目だけでも見たくなったからだが、直之進は腹に力を込めてその思いを抑え込んだ。この人相書の男を見つけ出さなければならない。

口入屋の浦野屋が三番目に名を上げた仲五郎にも念のため当たった。もはや職人ふうの男が増島屋という店の手代だったことにまちがいなく、探索は大きく進んだが、まだ行方をつきとめたわけではない。増島屋の手代が、堀田家の縁者が企てている復讐になにゆえ加担しているのか、その理由もわからない。

歩き続けているうちに町は明るくなり、行きかう人も増えはじめた。江戸らしい雑踏が戻りつつある。納豆や豆腐を売る行商人たちの声が響き渡っている。

足を止めたのは、算盤塾の吉朝庵である。師匠の大久保田埜介から、増島屋の者が見つかったというつなぎをもらったわけではないが、もしかすると、田埜介のもとに増島屋の奉公人の消息がすでに入っているかもしれない。一縷《いちる》の望みを託して、直之進は足を運んできたのだ。朝はまだ早く、子供は来ていないだろう。

昨日と同じように庭に回り込んで訪いを入れると、中から返事があった。腰高障子がからりとあいて田埜介が顔を見せ、素足で濡縁に出てきた。

「おう、湯瀬どのではないか」

「こんなに朝早くにうかがって、まことに申し訳ありませぬ」

「いや、気にすることはない。わしはもともと朝が早いのだ。半刻のあいだ、一人で書を読むことを日課としている」

「書見《しょけん》が日課ですか。あの、一つうかがってもよろしいですか」

「なんなりと。もっとも、湯瀬どのがなにをききたいか、見当はつくがな。わしの家人についてであろう。特に内儀のことだな」

「はあ、さようです」

腕組みをし、田埜介が少し渋い顔をする。

「主家が潰れてしばらくしたとき、内儀は実家に帰ったのよ。口入屋に頼むなどして、わしは糊口をしのごうとしたが、割のよい仕事はなかなかなかった。夫婦のあいだに子もなかったゆえ、妻もわしに見切りをつけやすかったのであろう。さっさと戻っていった。今は両親と暮らしておる。内儀の実家は堀田家の家中ではないゆえ、取り潰しの影響はなんら受けておらぬ」

堀田家が取り潰されたことで、多くの家臣が路頭に迷ったのだ。申し訳ないことをしたような気分になりかけたが、直之進はすぐさま心中で首を振った。悪いのは堀田正朝なのだ。あの男が阿漕《あこぎ》な真似をしなければ、堀田家は取り潰しになどならなかった。

「算盤塾のほうはいかがですか」

山と積まれた天神机を見やって、直之進はたずねた。

「まだまだ食べてゆくのが精一杯よ。近頃ようやく、子供が増えてきたゆえ、饅《まん》頭《じゅう》や団子など、少しは贅沢ができるようになったがな」

「大久保どのは甘い物がお好きですか」

「うむ、目がない」

「でしたら、今度は手ぶらでは来ぬようにいたします」

「いや、気を遣わずともよい。――それで湯瀬どの、こんなに早く見えたのは、増島屋の奉公人のことを知りたいからだな」

「さようです」

深くうなずき、直之進は田埜介を見つめた。

「もしや判明したのではないか、という気がして馳《は》せ参じました」

「馳せ参じたか。本来、その言葉は、馬に乗って大急ぎでやってくるという意味だがのう。湯瀬どの、知らなんだか」

「はい、恥ずかしながら知りませんでした」

「まあ、そのようなことはどうでもよいな」

唇を結び、田埜介が顔を引き締めた。

「おぬし、勘がよいな。実は昨夜遅く、一人の奉公人の消息がわかったのだが、さすがに湯瀬どのの長屋へ使いを走らせる刻限ではなかった。申し訳ないな」

「いえ、かまいません。夜に知らせをもらっても、結局はなにもできませぬゆえ」

「そういうふうにいってもらえると助かる。立ち話もなんだが、今はこれでよいな。湯瀬どのは一刻も早く、調べたいであろうからな」

顎を引き、直之進は田埜介の次の言葉をじっと待った。

「増島屋の元番頭の居場所がわかった。この番頭は我が主家が取り潰しになる前に店をやめ、楽隠居したのだ。例の人相書の手代と一緒に働いたことがあるかは不明だが、会って損はなかろう」

「ありがとうございます」

「なに、礼などよい。わしは人の役に立ちたくてならぬのだ。人というのは暇を持て余すと、この世のためになにかしたくなるようだ。主家を失って、わしは初めて知った」

そういうものなのか、と直之進は思った。

「増島屋にいた番頭は八助《はちすけ》という」

田埜介は、八助の年格好や暮らしぶり、どこに住んでいるかも教えてくれた。

ここから東へ十五町ばかり行ったところだ。

「八助はわしのことをきっと覚えておろう。わしの名を出せば、話はしやすいはずだ」

「お心遣い、感謝いたします」

深々とこうべを垂れて、直之進は礼をのべた。

「礼などよいと、いったばかりではないか」

手を振って田埜介が笑みを見せる。

「役に立てれば、わしはよいのだ。湯瀬どの、行くがよい」

「名残惜しいですが、そうさせていただきます。失礼いたします」

もう一度深く腰を折ってから、直之進は田埜介のもとを辞した。

道に出たとき、妙な気配を感じた。いま誰かここにいなかったか。ここにいて吉朝庵をのぞき込んではいなかったか。

あの人相書の男か。そうかもしれない。引っ捕らえたいが、まず無理だ。くそう。唇を嚙み締める。

それにしても、と気を取り直した直之進は足早に歩を運びつつ思った。堀田家にも大久保どののように真摯なものの考え方をする者がいたのだな。

それも当たり前だろう。堀田正朝の悪事に関わっていた者など、家臣の一割にも満たなかったはずだ。

ほとんどの者がまじめに働いていたのに、なぜか殿さまが阿漕な真似をはじめたのだ。米の横流しをして蓄財し、正朝はいったいなにをする気だったのか。

結局、貯め込んだ財産は公儀にすべて没収されてしまったはずだ。いったいなんのために、正朝は悪事をはたらいたのか、さっぱりわけがわからない。

――むっ。

どこからかまた人の視線を感じた。人相書の男だろうか。

どこだ、どこから見ている。

顔を動かすことなく、直之進は何者かがひそんでいる位置を探った。

右手後方か。そこにはこぢんまりとした寺があり、その低い塀越しにこちらを見ているようだ。

今度こそ捕まえてやる。のこのこ出てきたことを後悔させてやる。

振り向きざま、直之進は、だんと地を蹴り駆けだした。寺を目指して走る。十段ほどの階段を一気に駆け上がり、大きくひらいている山門をくぐり抜けた。曲《きょく》扇寺《せんじ》と風流な名が墨書された扁額がちらりと目に入る。

境内に駆け入り、直之進は目を走らせた。

——どこだ。

見ていたのは鐘楼《しょうろう》の近くだったはずだ。再び地面を強く踏んで走った。

刀をいつでも引き抜けるようにしつつ、直之進は鐘楼の裏に回り込んだ。

いない。どこだ。

庫裏《くり》らしい建物が右手にある。その中で人の気配がしている。直之進は足音を忍ばせ近づくと、庫裏の戸口の前に立った。人の気配は伝わってくるが、剣呑なものではない。穏やかに寄せてくるさざ波のような感じだ。中にいるのは、この寺の住職ではないか。

「失礼いたします」

思い切って直之進は声を発した。

「どなたかな」

中から声がした。

「あけてもよろしいですか」

「わしがあけよう」

からりと音を立てて、戸が横に動いた。坊主頭の男があらわれ、ぎょろりとした目で直之進を見つめる。ずいぶん脂ぎった顔をしているが、全身に漂う雰囲気は穏やかなものだ。掃除でもしていたのか、作務衣を着込んでいる。薄着そのものので、寒くはないのか、と直之進は場違いなことを考えた。

「どなたかな」

首をかしげて僧侶がきいてくる。

「それがしは、湯瀬直之進と申します。ただいま人を捜しており、こちらのお寺に入らせていただきました」

「はて、当寺には拙僧以外、誰もおりませぬぞ」

そのようだ。庫裏に住職以外の気配は感じられない。つまりは、と直之進は思った。逃げられたのだ。庫裏の脇に道があるが、それはきっと寺の裏手に通じているのだろう。

「失礼いたしました」

「ああ、帰られるか」

はい、と答えて直之進はきびすを返した。くそう、と歩きながらつぶやいた。またも逃げられた。やはり吉朝庵で感じた気配は勘ちがいなどではなかったのだ。やつらは、この俺の動きが気になって仕方ないのだ。

よし、急ごう。

八助の家を目指して、直之進は駆けるように早足になった。

足を止めて、建物を見上げた。

小高い丘の林の中に一軒家が建っている。まわりをよく手入れがされた生垣が囲んでいる。鳥のさえずりがひときわ高く聞こえてきた。

屋根付きの門があり、直之進はその前に立って訪いを入れた。だが、返事はない。出かけているのだろうか。もう一度、今度は大声で八助の名を呼んだ。やはり応えはない。

いやな予感がする。門の格子戸に鍵はかかっておらず、力を入れずとも軽やかに横に滑っていった。

「失礼する」

声を放って、直之進は敷地内に足を踏み入れた。胸騒ぎは静まるどころか、さらに大きくなってゆく。刀の鯉口を切る。

こぢんまりとした庭に出た。草木も手入れが行き届いている。腰高障子があけ放たれており、座敷が見えていた。

むっ。

顔をしかめて直之進は前に進んだ。血のにおいが鼻先をかすめていったのだ。勘ちがいなどではない。

濡縁に足をのせ、申し訳ないと思いつつも土足で畳に上がった。奥の襖があいていて、隣の間が半分ほど見渡せる。そちらから血のにおいは漂ってきているようだ。

慎重に足を運び、直之進は襖に半身を入れた。

こちらに背中を見せて、男が文机にうつぶせていた。背中からおびただしい血が流れ、畳を赤黒く染めている。八助は独り身だといっていた。殺されたのは八助にちがいあるまい。文机の上には、書物が置かれている。書見をしているところを後ろから刺し殺されたのだろう。

なんということだ。

歯噛みをして、直之進は慨嘆した。まさか口封じに殺害されたのではあるまいな。

いや、それしか考えられない。

さすがに呆然とした。頭の中で怒りが渦巻く。どうしてここまでできるのか。自分が、と直之進は考えた。八助を訪ねようと思いつかなければ、こんなことにはならなかったのではないか。まったく関係のない者を巻き込んでしまったのだ。八助はまさか今日、死が訪れるなど一瞬たりとも考えなかっただろう。かわいそうでならない。

いつ殺害されたのか。

手を伸ばし、直之進はそっと八助の肩に触れた。まだあたたかい。殺されてから、さしてときはたっていない。

もしや、と直之進は今さらながら覚った。曲扇寺から見ていた者は、わざと目を感じさせたのではないか。この家にまっすぐ来られては、口封じをする間がない。俺に気配を覚らせて、あの寺に誘い込んだのだ。俺が境内を捜し回っているあいだにこの家に刺客がやってきて、八助を殺したのだ。

くそう。やられた。なんと迂闊だったことか。敵の策略に、まんまとはまってしまった。

ぎりと、歯を噛み締めた。あまりの悔しさに大声で叫び出しそうだ。

そのとき、不意に背後で風が動いた。襖の陰から人影が飛び出す。ぎらりと一筋の光が直之進の目を打った。

完全に虚を衝《つ》かれた。すでに人影は、半間ほどまでに迫っていた。完全に間合に入っている。

斜めに刀が振り下ろされた。

——やられる。

なんとか逃れようとしたが、刀のほうが直之進の体の動きよりもはるかに速い。

だが、あと半尺ほどで刃が体に触れるというところで、刀が見えない手に押さえ込まれたかのように急にその鋭さをなくした。のろのろと刃が近づいてくる。

——まただ。

信じられぬ思いで直之進はそれを見つめたが、すぐさま体を動かした。途端に刀はもとの鋭さを取り戻し、体をかすめるように通り過ぎていった。ひゅんとわずかな音が立った。信じがたいが、事実だ。これも和四郎の力か――。そうとしか考えようがない。

刺客は翁面をしていた。一撃に懸けた渾身《こんしん》の振り下ろしが空を切ったのが受け入れられず、能面越しにも動転したのが直之進には見て取れた。

この者が琢ノ介を襲ったのだ。そう思った瞬間、直之進は刀を抜き放ち、逆に斬りかかっていた。

翁面の刺客はすでに体をひるがえしていた。直之進の斬撃は刺客に届かなかった。刺客は襖の陰に飛び込み、一瞬でその姿を消した。

逃がすつもりはない。だん、と荒々しい足音をさせて、直之進も次の間に躍り込んだ。

刺客は、あいている襖のあいだをすり抜けてゆく。あいているのではない。はなからあけてあったのだ。刺客は、逃げ道を確保していたのである。

――逃がすか。

一瞬たりとも刺客から目を離すことなく、直之進は追った。

腰高障子のあいだを抜けて、刺客が裏庭に出た。その勢いのまま生垣をひらりと越える。

果たして自分にもできるかどうかわからなかったが、直之進は生垣に向かって突進した。えいっ、と地面を思い切り蹴った。

うまく生垣を飛び越えることができると思ったそのとき、そこに刺客が待ち受けていた。

——しまった。

宙を飛んでいる間はなにもできない。自らの迂闊さを、直之進はまたも呪った。

必殺の一撃を刺客は見舞ってきた。

やられる——。

だが、またしても刀は鋭さを失い、緩慢な動きに変化した。宙で直之進は体をねじるように回転させた。刀が体のすれすれをよぎってゆくのがはっきり見えた。

刀の動きを目で追いながら、体勢を立て直そうとしたが、直之進は左の肩から落ちそうになった。衝撃をやわらげようと地面に左手をつくと、体を回転させた。

斬撃が浴びせられることを予期して、直之進はすぐさま横に跳ね飛んだが、刀は振り下ろされていなかった。

刺客は走り出していた。距離が五間ほどできている。

刀が手中にあるのを確かめた直之進も走り出した。路地を抜けると、いきなり人通りの多い道に出た。

抜き身をたずさえている直之進を見て、町人たちがぎょっとする。なんだ、この侍は、と責める目で見る者もいる。

翁面をかぶった刺客の姿はない。その場に立って、直之進は四方に目を配ったが、視野に刺客の姿は入ってこない。

逃げられた。

体から力が抜けそうになる。だが、そんな真似はできない。気力を奮い立たせる。

刀を鞘《さや》におさめ、直之進はきびすを返して路地に戻り、八助の家に向かって歩き出す。

「くそう」

悔しさが言葉となってほとばしる。

翁面も逃がした。

それだけではない。和四郎の加護がなかったら、俺はとうに死んでいた。

八助の家に入る。

文机にうつぶせている八助の死骸に向かって、直之進は合掌した。八助の歳は五十に届くかどうかときいていた。もっと生きていたかっただろうに。

済まぬ。本当に済まぬ。

今の直之進には、ひたすら詫びることしかできなかった。

ひとしきり八助の冥福を祈ったあと、直之進は決意を新たにした。

自分たちを狙う敵の全貌はまだ明らかにされていないが、必ずすべての者をあの世に送り込む。それこそが八助の無念を晴らす唯一の手立てだ。

富士太郎さんを呼ばねばな。

八助の死骸をこのままにして、堀田一派の探索に戻るわけにはいかない。

この町の自身番に行けば、富士太郎を呼んでくれるだろう。事情を話さねばならない。

八助を文机にうつぶせたままにしておくのは気が咎めたが、医師による検死が終わるまでは動かさないほうがいいだろう。

八助の家を出た直之進は、人通りの多い道をまず目指して歩き出した。

口止めするために八助を殺すなど、いったいどこまで非道なのか。憤りしかない。まだ見ぬ黒幕の体に刀を突き通し、心の臓をえぐり出したい気分だ。自分にこんな残忍な一面があることに驚かざるを得ないが、そう思わせるだけのことをやつらはしてのけているのだ。

人相書の男は八助に確実に身元を知られているのだろう。

核心に触れていたのだ。

おそらく、と直之進は思った。すぐさま次の手がかりがつかめるはずだ。こういうときは、秘密がばれるのを敵がいくら防ごうとしても、防ぎきれないものだ。追い風が吹いている。

だが、新たな糸口を手繰り寄せたときは、決して死者を出さぬように細心の注意を払わなければならない。

——二度と八助のような犠牲者を出すわけにはいかぬ。

固く心に誓い、直之進は路地を抜け、大通りに出た。

驚きでしかない。

八助の死骸に気を取られ、背後がおろそかになっているところを狙って、宮寺厳之介は湯瀬直之進に斬りかかったのだ。

ほとんど湯瀬に気づかれることなく間合に飛び込み、一気に刀を振り下ろした。湯瀬自身、殺られたと感じたのではあるまいか。それだけの速さと威力のある斬撃だった。

だが、なぜか、刀は空を切ったのだ。厳之介にはなにが起きたのかわからなかった。はっきりしているのは、湯瀬がかわしてみせたということだけだ。どういう体の動きがあったのか。いま思い返しても見当がつかない。あり得ぬ、という言葉しか出てこない。いったい湯瀬はどうやったのか。

うーむ。

うなり声が出た。

歩きつつ、厳之介は目を上げた。じきに、天馬が江戸で過ごしている家が見えてくる。

天馬からは、倉田佐之助の隠れ家が見つかったとの知らせを受けている。

佐之助を仕留める前に湯瀬を襲撃せよと命じられていたのだ。

八助の口封じに加え、死骸を見せつけることで湯瀬の気をそらすという一石二鳥の手だったが、しくじった。

だが、秘剣つむじ風があれば、必ずやつを殺《や》れる。あのような体の動きなど、関係ない。やつから視野を奪ってやるのだ。目を見えなくすれば、体は自由になるまい。そこをばっさり斬って捨てる。

どれだけ爽快だろう。堀田家の者がこぞって始末しようとした湯瀬直之進という男を、この俺が斬り殺すのだ。殿ですらできなかったことを、この俺がやり遂げる。天馬もきっと喜んでくれよう。

天馬の笑顔を思い出し、厳之介は心が満たされた。あのお方のためなら、俺はなんでもしてのけよう。

とにかく今は、湯瀬という男に狙われているという気持ちを植えつけることが第一だ。

夜になれば、典楽寺に出かける。

倉田佐之助をあの世に送り込むのだ。

平川琢ノ介は家に引っ込み、まったく出てこようとしない。家人も同様である。

米田屋にまた火付けをする気にはならない。同じ手は通用しないだろう。

となると、残るは倉田佐之助だけなのだ。隠れ家が判明した今、もはややつに逃げ場はない。

典楽寺の下見をするつもりはない。場所がわかっているだけで十分だ。典楽寺の絵図面も手に入ったという。

下手に物見めいたことをすれば、倉田に気づかれる恐れがある。前触れもなく、いきなり襲うのだ。

必ず倉田佐之助を殺す。湯瀬を殺し損ねた憤怒をぶつけるのだ。

今の厳之介には、その思いしかない。

二

こいつはすごいね。

ぐるりをめぐる高い土塀越しに別邸を眺めて、富士太郎はため息を漏らした。

町人でも、これだけの屋敷を持てる者がいるのだ。この屋敷のあるじである伊右衛門は、商売に関しては相当の才覚の持ち主なのだろう。

別邸には数え切れないほどの木々が植えられ、風が梢《こずえ》を騒がせている。これらはきっと、この屋敷を建て替えるときに使うつもりなんだろうね、と富士太郎は思った。

「よし、入ろうか」

後ろを振り返り、富士太郎は珠吉をうながした。

「ええ、行きやしょう」

がっちりとした冠木門の前に二人は立った。門は閉じられている。

「ごめんください」

中に向かって珠吉が訪いを入れる。

「はい、はい」

門の小窓があき、年寄りが顔をのぞかせた。

「あっ、これはお役人」

小窓が閉まり、直後、くぐり戸があいた。身をかがめて年寄りが外に出てきた。

「お待たせして、申し訳ありません」

「いや、気にしなくていいよ。あるじの伊右衛門さんは在宅かい」

「はい、いらっしゃいます」

「会わせてもらえるかい」

「はい、かまわないと思うのですが……」

語尾を濁し、年寄りが眉を曇らせた。

「どうかしたのかい」

「旦那さまは今、風邪を引いていらっしゃるのです」

「寝込んでいるのかい」

「いえ、そこまでのことはないのですが、できるだけ他出も控えていらっしゃいますので」

「だったら、会えるかどうか聞いてきてくれるかい」

「はい、承知いたしました」

くぐり戸に体を入れた年寄りが、母屋に向かってよたよたと走って行くのが見える。くぐり戸はあいたままだ。

あの歳でもこうして働かせてもらえるというのは、ありがたいことだね。

徐々に遠ざかってゆく年寄りを見つめて、富士太郎はそんなことを思った。

年寄りが母屋に入ったようで、姿が消えた。

「風邪などおかまいなしに話を聞く同心もいるっていうのに、いかにも旦那らしいですよ」

「珠吉、それはほめているのかい。皮肉じゃないよね」

「もちろん、ほめているんですよ。思いやりを持つのはとても大切ですからね。なにがなんでも探索を優先する輩ってのは、あっしはあまり信じることができねえんですよ。ですから旦那の下で働けて、あっしは幸せ者ですよ」

「珠吉、ずっと働いてもらっていいよ」

「以前は、あっしの後釜のことを考えていたんじゃありませんかい」

「うん、そういうこともあったね」

富士太郎は正直にうなずいた。

「でも、今はまったく考えていないよ。ずっとずっと珠吉にがんばってもらうつもりでいるのさ」

「本当ですかい」

富士太郎は珠吉を真摯な目で見つめた。

「おいらは、嘘はいわないよ」

「さいでしたね。旦那は正直が取り柄の人だ」

「おいらは正直だけなのかい」

「気を悪くしましたかい。もちろんそんなこと、ありゃしやせんよ。旦那はいいところを数えたら、数え切れねえ人ですよ」

「本当かい」

にやりとして珠吉が見上げてくる。

「あっしも、嘘はつきませんぜ」

ふふ、と富士太郎は我知らず笑いをこぼしていた。珠吉とこんなやりとりをしていると、心の底から幸せだと思う。珠吉には長生きしてもらい、いつまでも中間をつとめてもらいたいものだ。

先ほどの年寄りが戻ってきた。

「お待たせしました」

くぐり戸の向こうからいった。

「お越しになってくださいとおっしゃっています」

「伊右衛門さんの具合はどうなんだい」

「手前が拝見した限りでも、お顔の色は悪くないと思いました」

「それなら、会わせてもらおうかね」

うなずいて富士太郎はくぐり戸を通った。珠吉が続く。

丸くて白い敷石を踏んでゆくと、自然に戸口に着いた。

「こちらです」

いわれて富士太郎たちは家に上がり、長い廊下を歩いて座敷にやってきた。

年寄りが足を止めたのは、新しい木の香りが漂う部屋の前である。

「こちらで旦那さまがお待ちです」

富士太郎たちにいって、年寄りが静かに腰高障子をあけた。むっ、と甘い香りが漂い出てきた。薬湯だね、と富士太郎は思った。

「お入りください」

部屋の中に一人ちんまりと座っている男が、富士太郎たちに向かってこうべを垂れる。厚着のせいで着ぶくれしている。

この男が伊右衛門だ。話をしたことはないが、これまでに何度か見かけたことがある。

「失礼するよ」

敷居を越えて富士太郎は伊右衛門の前に正座した。斜め後ろに珠吉が控える。

背後で腰高障子が閉まり、足音がゆっくりと遠ざかってゆく。

十畳間である。庭に面しているが、腰高障子はすべて閉じられ、手入れが行き届いているはずの草木は一切見えない。大火鉢に炭が盛んに熾きており、部屋の中は外の寒さが嘘のようにあたたかい上に、薬湯のにおいがむせ返るほどに濃厚である。

これはなんの薬湯だろうね、と富士太郎は思った。きっと風邪にいいものなんだろうけど、ずいぶんと強そうな薬だね。

「薬湯のにおいがきついでしょう。まことに申し訳ありません」

「いや、謝るようなことじゃないよ。風邪を引いているんなら仕方がないことだもの」

いいながら富士太郎は天井を見上げ、右側の柱を見た。

「この屋敷の中で、この座敷だけ新しい感じがするね」

左手の隅に、大きな文机が置いてある。右の壁際に立派な簞笥が鎮座しているが、きっと伊右衛門の着物が入っているのだろう。高価なものばかりにちがいなかった。

「ええ、日当たりがよい場所に新しく座敷をつくりました。やはり歳を取ると、寒さがこたえるもので」

「お金がかかっただろうね」

にこやかに笑って、伊右衛門が富士太郎を見やる。

「いいものをつくるには、やはりお金をかけないといけませんので」

伊右衛門がいうと、嫌みに聞こえないから不思議なものだ。人徳というやつか。

「それはそうだろうね」

穏やかにいって、富士太郎は伊右衛門を見つめた。風邪を引いているというだけあって、顔色はあまりよくない。

「具合がよくなさそうだから、さっそく本題に入ろうかね」

富士太郎がいったとき、背後の腰高障子越しに女の声がした。

「失礼します」

音もなく腰高障子があき、若い娘が入ってきた。手に盆を持っている。

「お茶をお持ちしました」

「ああ、ご苦労だね。お役人と供のお方に差し上げなさい」

はい、といって娘が湯飲みを富士太郎と珠吉の前に置いた。蓋がかぶせられており、湯気は上がっていない。

娘が伊右衛門のそばに正座した。ずいぶんきれいな娘だ。

「どうぞ、お召し上がりください」

伊右衛門に勧められ、富士太郎は蓋を取って湯飲みを手にした。ほんわかとした湯気が上がった。

「ああ、あたたかいね。ほっとするよ」

「さようですか」

にこにこと伊右衛門が顔をほころばせる。娘もほほえんでいる。

湯飲みを傾け、富士太郎は茶を喫した。

「おいしいね。上品な甘みの中に、きりっとした苦みがあるけど、なんとも絶妙な感じだね」

「ええ、駿河のお茶でございますよ」

「へえ、おいしいはずだね」

「かの松尾芭蕉翁も『駿河路やはなたち花も茶のにおい』と詠んでいるくらいですから」

「ふーん、芭蕉さんがそういう歌を詠んでいたのかい。知らなかったよ。ところで伊右衛門さんはおいらのことを知っているかい」

「はい、もちろんでございます。樺山さまでございます」

「こちらは中間の珠吉だよ。そちらのきれいな娘さんはどなたかな」

「手前の妾でございます。おさよと申します」

「お妾さんかい。そうだったのかい」

「娘といってもよいほど歳が離れておりますので、なにやらお恥ずかしいのですが」

実際、伊右衛門の頬は赤らんでいる。

「別に恥ずかしがることはないよ」

「さようですか、ありがとうございます」

額の汗を手ふきでぬぐって、伊右衛門がていねいに頭を下げる。

「この薬湯もおさよがつくってくれているのでございますよ。よく効きましてね、だいぶ元気になってきました」

「それはよかった」

そういいながらも、本当に効いているのだろうか、と富士太郎はいぶかった。だが、本人が効いているといっているのだから、それはそれでよいのだろうね、と自らにいい聞かせた。

「よし、伊右衛門さん、本題に入らせてもらうよ」

湯飲みを茶托に戻して、富士太郎はいった。

伊右衛門が真剣な顔を向けてくる。横のおさよも富士太郎にじっと目を当てている。

「利聖さんのことは知っているかい」

伊右衛門の表情が曇った。

「はい、存じております。亡くなったと噂で聞きました」

「殺されたんだよ」

「えっ、それは気の毒に」

「知らなかったかい」

「ええ、亡くなったらしいとだけ、出入りの植木屋がいっていたものですから」

「伊右衛門さんは、利聖さんによく按摩をしてもらっていたのかい」

「はい、ときおり呼んでおりました」

「利聖さんが殺されたのは、四日前の晩なんだけど、その日、ここに呼んではいなかったかい」

少しのあいだ伊右衛門が考えた。

「四日前の晩ならば、確かに利聖さんに来てもらいました。手前とおさよの二人で、ていねいにもんでもらいましたよ」

「えっ、本当かい」

「はい。二人とも上だけですが、按摩をしてもらいました」

「上だけというと、代は」

「四十八文ですね」

利聖の財布の中には、確かに四十八文が入っていた。

「そうかい。ここに来ていたのかい」

再び湯飲みを手にし、富士太郎は喉を湿らせた。

「利聖さんはいつ来て、いつ帰ったんだい」

伊右衛門がおさよに顔を向ける。おさよが小首をかしげる。うなずいて伊右衛門が顔を富士太郎のほうに戻す。

「そんなに遅くはなかったと思います。利聖さんがやってきたのは六つ半頃で、しっかりもんでもらって、帰っていったのは五つ半にはなっていなかったでしょう」

そうですというように、おさよも顎を何度か上下させた。

ここから利聖さんの家まで四半刻くらいだろうか、と富士太郎は考えた。目が見えないから、もっとかかるだろうか。だが、いくらなんでも半刻はかかるまい。五つ半前にこの屋敷を出たとして、利聖が家に帰り着いたのは四つを少し過ぎたくらいだろうか。

その前に、と富士太郎は思い出した。利聖は十両をどこで手に入れたのだろう。

「伊右衛門さんは、利聖さんに借金はなかったかい」

「いえ、ありませんが」

不思議そうに伊右衛門がかぶりを振る。

「あの、どうしてそのようなことをおききになるのですか」

「それがね、殺された利聖さんの懐から十両もの大金が見つかったんだよ」

「えっ、そうなのですか」

伊右衛門が目をみはる。おさよも驚いている。この二人の所作に不自然なところはないか、と富士太郎は見ていたが、よくわからないというのが正直なところだ。

「樺山さまは、その十両を手前が利聖さんに返したと考えられたわけですね」

「その通りだよ」

「こう申してはなんですが、手前はお金に困ってはおりませんので、借金をするようなことはございません」

「そうだよねえ。なにか強請《ゆす》られていたというようなことは」

「えっ」

意外そうにいい、伊右衛門が富士太郎を見つめる。

「いいえ、そのようなことはなにも」

「おさよさんにもないかい」

「えっ、私ですか」

自分の指で顔を指し、おさよが確かめるようにきく。

「おさよさんは強請られるようなことはないのかい」

「はい、ありません。仮にあったにしても、十両なんて私には払えません」

「伊右衛門さんにいえば、貸してもらえるんじゃないのかい」

「今でも十分すぎるほどお世話になっているのに、そこまで甘えることはできません」

両肩を張って、おさよがきっぱりといった。

「そうかい。これも仕事だから、気を悪くしないでおくれ。――殺された晩だけど、利聖さんにどこか変わったようなところはなかったかい」

「別段、そんな様子はありませんでしたが」

「おさよさんはどうだい」

「私は利聖さんにお目にかかるのは初めてだったのでよくわかりませんが、穏やかで優しい感じの按摩さんだと思いました」

「伊右衛門さん、どうして利聖さんを呼んだんだい」

「手前が久しぶりにやってもらいたいというのがあったのと、おさよの肩がずいぶん凝《こ》っていたものですから」

そうかい、と富士太郎はいった。

「伊右衛門さんは利聖さんとは長いつき合いだったんだね」

「ええ、まだ手前が店を切り盛りしているときからですから、七、八年にはなると思います」

「利聖さんの人となりや暮らしぶりには詳しいんだろうねえ」

「さて、どうでしょうか」

「利聖さんが諍いをした相手とか、うらみを買っていた人物に心当たりはないかい」

「利聖さんに……」

「伊右衛門さん自身はどうだい」

一瞬、なにをいわれているか解しがたいという顔を伊右衛門がした。

「手前と利聖さんに諍いがあったとおっしゃるのですか」

「そうはいっていないよ。でも、ここから帰ってすぐに利聖さんは殺されているんだ。ここでなにかあったって考えるのは、乱暴な話じゃないと思うよ」

「いえ、手前は利聖さんとはなにもありません。もちろんうらみも持っていません。うらんでいるなら、呼んでなんかおりませんよ」

「それはそうだね。でも、殺すために呼んだというようなことはないかい」

「ありません」

やや気色ばんだように伊右衛門が否定する。

隣でおさよも目を怒らせている。伊右衛門がちらりとおさよに目を走らせてから続ける。

「もし殺すために利聖さんを呼んだのだとしたら、帰らせてはいませんよ。ここで殺してどこかに埋めてしまえば済むことです」

「なるほど、その手のほうがずっといいね。伊右衛門さんは頭のめぐりがいい」

むっと伊右衛門が黙り込む。おさよは目を光らせて富士太郎を見ている。どこか武家を思わせるものがその表情にはある。

「おさよさんは、もとは武家娘かい」

温和にきいて、富士太郎はおさよの返事を待った。

「さようです」

「ほう、やはりそうなのかい」

身の上を聞きたいところだが、話してくれないような気がする。

「伊右衛門さんの妾になったのは、誰かの紹介かい」

富士太郎はさらにおさよにたずねた。

「はい、そうです。口入屋さんです」

「口入屋か」

いいながら、もしや、との思いが富士太郎の頭をよぎった。

「どこの口入屋だい」

一瞬、おさよがいいよどんだように見えた。

「米田屋さんです」

「平川さんか。親しくさせてもらっているよ。そうか、平川さんの紹介だったのか」

おさよの身の上は琢ノ介に聞けば、わかるだろう。ただし、おさよが正直に琢ノ介に語っているかは、定かではない。

これ以上、ほかに聞くようなことはないと思われた。珠吉に顔を向けて富士太郎は、なにかあるかい、と目で話しかけた。珠吉がそれとわかる程度に首を横に振る。それを見て富士太郎は伊右衛門とおさよに顔を戻した。

「これで終わりだよ。風邪を引いているときに長居をして、悪かったね」

「とんでもない。お役に立ちましたか」

「とても有益な話を聞かせてもらったよ」

「それはよかった」

少し硬い笑顔を伊右衛門が見せる。おさよは口を引き結び、じっと富士太郎を見ているだけだ。

礼をいって富士太郎は立ち上がった。伊右衛門が立とうとする。

「いや、そのままでいいよ。病人なんだから、安静にしていておくれ」

「はあ、すみません」

廊下に出て富士太郎は歩き出した。うしろに珠吉がつく。

入口で雪駄を履き、敷石を踏んで冠木門のくぐり戸を抜けた。

外に出ると、富士太郎はほっと息をついた。

「ちょっと肩が凝ったね」

「あっしもですよ」

「按摩にもんでもらいたくなったよ。珠吉、どう思った」

別邸から足早に遠ざかりながら、富士太郎は珠吉にただした。

そうですね、と珠吉がいう。

「おさよという娘のことが、あっしは気になりましたよ」

「おいらも同じだよ。とりあえず平川さんに聞いてみようかね」

「ええ、それがいいかもしれませんね」

二人は足を米田屋に向けた。

「ところで、福天屋の隠居はあんなに若い妾を囲っているけど、囲うのに慣れているのかねえ」

「旦那、その辺が気になりますか」

「なんとなくね。伊右衛門さんて、どこか枯れたようで、妾をほしがる人じゃないように感じたんだけど、どうかな」

「さいですかい。旦那がそう感じたのなら、そいつも調べてみましょう」

「うん、そうしようかね」

そのとき、砂塵を巻き上げるようにしてこちらに小走りにやってくる者がいることに富士太郎は気づいた。

「あれは、磯太郎《いそたろう》じゃないかい」

町奉行所が使っている小者である。

「ええ、まちがいありやせんよ。旦那になにか知らせでもあるんじゃないんですかね」

「そうかもしれないね。——おーい」

手を上げて、富士太郎は磯太郎を呼んだ。磯太郎が気づき、足を速めた。

「ああ、やっと見つかった」

目の前にやってきた磯太郎が、大きく息をついた。

「どうかしたのかい」

「樺山さまは、湯瀬直之進さまというお侍をご存じですか」

はあはあと荒い息を吐きつつ、磯太郎がきく。

「もちろん知っているさ。まさか直之進さんの身になにかあったんじゃないだろうね」

血相を変えて富士太郎はたずねた。

「いえ、湯瀬さまはなんともありません」

それを聞いて富士太郎は安堵した。

「湯瀬さまが訪ねられた家で人殺しがあったらしく、それゆえ手前は必死に樺山さまたちを捜していたのです」

「それは大変だったね。疲れただろう」

磯太郎をねぎらい、富士太郎はぽんぽんと肩を叩いた。

「それで、直之進さんが待っている家というのはどこだい」

磯太郎が大きくうなずく。

「今からご案内します」

くるりと体を返して、小走りに走り出した。富士太郎と珠吉はそのあとをついてゆく。

三

得姫は生きている。

まちがいなく江戸にいるのだろう。

江戸のどこか。その手がかりを得るために、登兵衛はいまだ諏訪にとどまっているのだ。江戸は広い。手がかりもなしに戻ったら、探索はほとんど徒労に終わってしまうだろう。

きっとなにか得られる。登兵衛は確信している。得姫の居場所を断定できるところまで絞り込んでから、江戸に戻るのだ。

登兵衛が気になっているのは、誰が身代わりになったかということだ。

自分がもし得姫の立場だったら、どうやって身代わりを用意するか。

上諏訪は甲州街道しか走っていないが、次の宿場である下諏訪は、中山道と甲州街道が合《がっ》する地である。上諏訪とは宿泊する旅人の数がちがう。

わしなら、旅の女を狙うな。

朝餉のあと登兵衛は供の貫一とともに階下に降り、和佐屋の番頭に会った。

「忙しいところをすまぬ。おぬし、去年の末に、諏訪湖で身投げがあったのは知っているか」

「ええ、存じています」

神妙な顔になり、番頭が小さくうなずいた。

「なんでも、お城にお預けになっていた姫さまが亡くなったと聞きました。城下は一時、大騒ぎになりましたよ」

「その前に、なにか異変が起きたというようなことはないか」

「異変とおっしゃいますと」

「うむ、なんでもよいのだ。たとえば、旅の娘がいなくなったとか」

「えっ」

心当たりがあるような顔になり、番頭が登兵衛を見つめた。

「ええ、確か下諏訪でそんなことがありましたね。でも、淀島さまはなぜご存じなのです」

「なんとなくそうではないかという気がしたのだ」

「はあ、さようですか」

「詳しい話を聞かせてくれるか」

「でしたら、手前ではなく、もっといい人がおりますよ。呼んでまいりますので、しばらくお待ち願えますか。――貴吉《たかきち》」

土間のほうに少し歩いて、番頭が丁稚《でっち》らしい男を手招く。

「急いで九蔵さんを呼んできてくれ」

「はい、承知しました」

手にしていた箒《ほうき》を柱に立てかけて、貴吉が元気よく外に飛び出していった。

にこやかな顔で番頭が近づいてきた。

「近所の人ですから、そんなに待たされないと思います。――どうぞ、こちらに」

登兵衛と貫一は、帳場の横にある小さな部屋に通された。火鉢が置かれ、ほんわかとあたたかい。

番頭の言葉通り、ほとんど待つことなく貴吉が戻ってきた。一緒にいるのは、棒のように痩せた男だ。五尺ほどの背丈しかなく、ずいぶん貧相に見えるが、鋭い光を宿した目に堅気ではないと思わせるものがある。歳は三十代半ばか、頭は総髪にしている。

「ああ、九蔵さん」

立ち上がった番頭が土間に向かう。

「お呼びだっていうから、さっそく来たぜ」

「あちらのお方が、去年の末に起きた下諏訪での行方知れずについてお話を聞きたいとおっしゃっているんですよ」

九蔵という男の目が登兵衛たちに向く。

「どなただい」

「淀島さまとおっしゃいます。江戸からいらしたお武家です」

「江戸から」

ずいと上がり込み、九蔵がのしのしと歩いてきた。小さい割に迫力がある。

「淀島さまですかい」

「そなたは」

「この宿場で目明しをつとめている者ですよ」

目つきが鋭いのも、堅気に見えないのも当然のことだろう。

「目明しか。座ってくれ」

いうと、九蔵が正座した。番頭には外してもらった。

「いま番頭が申したように、旅の娘の行方知れずについて知りたいのだ」

「それはまた、どういうわけで」

「諏訪家に預けになっていた得姫のことを調べている」

「淀島さまのご身分をおききしてもいいですかい」

「わしは勘定奉行枝村さまの家中の者だ」

「勘定奉行……。身分を明かせるようなものはありますかい」

「そのようなものはないな。枝村さまの文は持参していたが、昨日、諏訪家の者に提出したゆえ」

「そうですかい」

九蔵が唇をなめた。

「信じましょう。これでも人を見る目はあるつもりだ。──淀島さまは、行方知れずになった娘は、得姫さまの身代わりにされたとお考えなんじゃありませんかい」

「そちはどう思っているのだ」

「そのことは十分に考えましたよ」

「それで」

「あり得るな、と」

九蔵が身を乗り出してきた。

「得姫さま自ら娘をさらったわけじゃないでしょう。ほかの誰かがやったに決ってるんだ」

ぎらりと目を光らせ、九蔵が唇をゆがめる。

「心当たりがあるように見えるが」

「心当たりというほどのものじゃありません。ただ、ちと怪しい侍がいるんですよ。江戸から来た侍です」

「どうしてその侍が怪しい」

「娘が行方知れずになったとき、その侍はこの宿場の青山屋という旅籠に長逗留していたんですよ。それが三日前、その侍にまた会ったものでね。旅籠も青山屋ですよ」

確かに気になるが、それだけでは弱い。だが、もしその侍が得姫に関係している者で、娘のかどわかしに関与している場合、どうしてまたこの上諏訪宿にやってきたのか。

――このわしを殺しに来たのだ。

そういえば、と登兵衛は思い出した。一昨日、宿場に着いたとき、何者かの目を感じたと貫一がいっていた。あのとき、三軒の旅籠がかたまっている場所を貫一は指し示した。あの中に青山屋という旅籠がなかったか。きっと街道沿いの部屋からその何者かは、こちらを見下ろしていたのだ。まちがいない。

「その侍の名はわかるか」

「戸田兵部とかいうお侍ですよ」

どこかで聞いたことがある。

「浪人といっていましたが、本当ですかね。着ているのは上物ですよ」

戸田といえば、大名だけでなく旗本にいくらでもある。堀田家と関わりがある戸田家があったか。

登兵衛にはなにか引っかかるものがある。そうだ、堀田家が取り潰しになる前、得姫と縁談を結んだのが戸田家ではなかったか。

となると、わしを狙ってやってきている戸田兵部は本名か。本人が来ていると考えてよいのか。そうだとすれば、それだけ腕に覚えがあるということだろう。

「戸田兵部は一人か」

「ええ、さようです」

「今なにをしている」

「わかりませんが、青山屋にいるんじゃないんですかね」

　そこに乗り込み、戸田と対峙してみるべきか。

　だが、それはあまりに危険すぎるような気がする。

「戸田兵部のことが気になるんですね」

「うむ」

「ちょっと様子を見てきましょうか」

「それは助かる。だが、気づかれぬようにな」

　にやりとして、九蔵が口を曲げる。

「その辺は手抜かり、ありませんぜ」

　さっと立った九蔵があっという間に外に出てゆく。か弱い光が射し込んでいる中、雪道を右に向かって走り出したのが見えた。

「戸田兵部という者は、淀島さまの命を狙うためにこの地に来ているのですね」

　ささやくような声で貫一がきいてきた。

「うむ、まちがいない」

「ならば、それがしの出番ですね」

　貫一は腕を撫《ぶ》し、やってやるといわんばかりの顔つきになった。いかにも若者らしい気負いだが、登兵衛としては決して無理はさせたくない。

「できれば、この地ではやり合いたくないな」

「しかし捕らえることができれば、なにか聞き出せるのではありませぬか」

「捕らえられるだろうか」

「必ずできましょう」

力を込めて貫一が断言する。

「和四郎どののためにも引っ捕らえましょう」

「ふむ、和四郎のためか」

登兵衛の脳裏に和四郎の死顔が浮かんだ。内なる闘志がふつふつと湧いてきた。そうだ、戸田兵部も仇の一人だ。

「確かに貫一のいう通りだな」

声音だけは冷静にいった。

「では、やりますか」

「うむ、戸田兵部を捕らえて江戸に連れてゆこう」

「承知いたしました」

貫一が深々とうなずく。

早々と九蔵が戻ってきた。少しあわてているようだ。そのときには、登兵衛たちは立ち上がっていた。

「野郎、宿にいませんぜ」

「出かけたのか。どこに行った」

「それが青山屋の者もわからないそうです」

闇雲に捜し回っても、と登兵衛は思った。まず見つかるまい。いま戸田兵部がどこにいるにしろ、このわしを屠《ほふ》るつもりでいるのなら、いずれまた姿をあらわさざるを得まい。ここはどっしりと腰を落ち着けておくほうがよいような気がする。

「兵部の荷物は宿に残っているのか」

「ええ」

「ならば、いずれ戻ってこよう」

「あっしは戸田兵部の行方を捜してみますよ。淀島さまはどうなさるんで」

「気になることがあるゆえ、それを調べようと思っている」

「気になることとおっしゃいますと」

「得姫の侍女だ。どこの者かと思ってな」

「それでしたら、小間物売りを紹介しますよ。そいつは得姫さまの無聊《ぶりょう》を慰めるために、南の丸に何度か出入りしていたんですよ。侍女について、なにか聞いているかもしれません」

「その小間物売りは、この宿場の者か」

「住人ですよ。朝早くから商売に励むような男じゃありませんから、まだ家でくすぶっているんじゃないですかね。ここへ連れてきましょうか」

「住まいを教えてくれればよい」

「なら、あっしが案内いたしますよ」

「すまぬな」

「なに、お安い御用ですよ」

登兵衛たちは連れ立って外に出た。やはり寒い。雲はほとんどなく、日は照っているが、降り積もった雪はかちんかちんに凍ったままだ。風も恐ろしく冷たい。

「どうですかい、この土地の寒さは」

先導しつつ九蔵がきいてきた。

「すさまじいものがあるな」

ふっ、と九蔵が笑った。

「人が暮らせるような土地じゃないって、お顔に書いてありますぜ」

「いや、そんなことは思っておらぬが、わしには無理だな」

「慣れれば、たいしたことはありませんよ。あっしは一度、冬に江戸見物に行ったことがあるんですが、江戸はずいぶんあったかなところだなあって思いましたよ。冬があのくらいの寒さじゃあ、物足りないんじゃないかって。そんなことは、ないんですかい」

「ときおりあたたかな冬もあるが、たいていは寒いな」

「あれで寒いだなんて、江戸の人はやわにできていますね」

「もっともだ」

つと九蔵が足を止めた。

「ここですよ」

表長屋の一軒だ。障子戸に、小間物、と大書してある。名は繁吉《しげきち》とある。

「繁吉、いるか」

九蔵が障子戸を手荒に叩く。

「あ、ああ。その声は九蔵親分か。ちょっと待ってくれ、あけるから」

障子戸が音を立ててあいた。色白でのっぺりとした顔の男が狭い土間に立っている。

「うー、寒いね。九蔵親分、こんなに朝早くからなにか用かい」

「早くもないさ。この人たちがおまえに話を聞きたいとおっしゃるから、連れてきた」

繁吉の目が登兵衛たちに向く。

「話というと」

「おまえ、お城の南の丸にちょくちょく行っていたな」

登兵衛が口をひらく前に九蔵がいった。

「ちょくちょく、というほどじゃありませんよ。あそこには、そうそう立ち入らせてもらえませんからね。それにしても、姫さまも侍女のお加代さんも、二人ともきれいな人だったなあ。もう一度会いたいなあ」

「うるせえ、そんなことはどうでもいいんだ」

ぴしゃりといって、九蔵が登兵衛を振り見た。繁吉は首をすくませている。

「では、あっしはこれで失礼しますぜ。あとはよろしくお願いいたしますよ」

「うむ、助かった。礼をいう」

頭を下げて、登兵衛は言葉を続けた。

「九蔵どの、それにしてもなにゆえ旅の娘の行方知れずにそこまで一所懸命になる」

「それですかい。なに、金目当てですよ」

小さな笑いを口元に浮かべて、九蔵がさらりといった。

「その娘は上方の者で、二親《ふたおや》と一緒に江戸に行こうとしていたんですよ。下諏訪宿の旅籠に泊まり、親と一緒に寝ていたんですが、明くる朝、忽然と消えていたんです。二親は必死に捜しましたよ。しかし、結局は見つからなかった。あっしも娘さんの捜索に加わっていたんですがね、娘さんを見つけ出した者に、百両を出すと親御さんがいっているんですよ」

「百両か。そいつはすごい」

「もし娘がなんらかの事件に巻き込まれた場合、その下手人を捜し出し、捕らえた者にも同じ額が出るんです。百両あれば、この先、だいぶ楽ができる。どうです、必死にもなろうってもんじゃありませんかい」

「まったくだな」

「九蔵親分、その話は本当かい」

横から繁吉がきく。

「本当だ。おまえも捜すか」

「捜しますよ。百両でしょう。一生安気に暮らせるから」

「さて、どうだかな。——じゃあ淀島さま、あっしはこれで」

踏み固められた雪の上を、九蔵が遠ざかってゆく。戸田兵部を捜しに、いったいどこに行こうというのか。無理をせねばよいが、と心から思う。だが戸田兵部を捕まえれば、百両になるかもしれない。無茶をするなというほうが無理だろう。

——うまくいくといいが。

顔を繁吉に向けて登兵衛は自ら名乗り、供の貫一も紹介した。

「あの、お入りになりますか」

「いや、すぐに済むと思う。ここでけっこう」

「そうですか」

「加代という侍女のことを聞きたいのだが、そなたはなにか存じておろうか」

「お加代さんですか。さっきもいったんですけど、きれいな人でしたね。色気があって」

「江戸の者かな」

「ああ、そうだと思いますよ。確か、大店の娘だっていっていましたよ。控えの間で待っているとき、二人のおしゃべりが奥から聞こえてきたんですよ」

「大店の娘――。なんという店かな」

「あれは、なんだったかなあ」

空を見上げて、繁吉が考える。

「なにか、ふ、という字がついたような気がするんですけどね」

「ふ、か。深川屋、深田屋、深井屋、深江屋、深尾屋、深浦屋、深石屋……」

「深《ふか》ばっかりですね。多分、ちがうと思うんですけど」

「ならば。――伏見屋、福島屋、府川屋、吹石屋、福沢屋、蕗田《ふきた》屋、福井屋、福地屋、福岡屋、福士屋……。いま思いつくのは、これくらいだな」

「でもいいところまできたような気がしますよ。確か福がついたはずです」

「福か……」

だが、登兵衛はそれ以上思いつかない。貫一もただ首をひねるばかりだ。

「繁吉、なんとか思い出してくれぬか」

「思い出したいんですが、それがなかなか。なにか薬みたいなものがあると、またちがうかもしれませんねえ」

ぴんときた登兵衛は即座に懐を探り、一朱銀を取り出して繁吉に見せつけた。

「この薬ならば効き目があるのではないか」

繁吉の袂《たもと》に一朱銀を落とし込む。途端に繁吉の舌がなめらかになった。

「思い出しましたよ。福天屋です」

福天屋か、どこかで聞いたことがあるような気がする。確か、根岸あたりにある油問屋ではなかったか。

なにゆえ、わしは福天屋のことを知っているのだろう。

その答えは出なかったが、とても大事なことをつかんだような気がしてならない。

加代という侍女は、福天屋の娘か。となると、福天屋に得姫は守られているということになろうか。

「よし、貫一、江戸に戻るぞ」

すぐさま登兵衛はきびすを返し、和佐屋に向かって歩きはじめた。

「戸田兵部はいかがいたしますか」

「放っておく。わしが江戸に向かったと知れば、必ずついてくるであろう。そのときに捕まえればよい」

「承知いたしました」

和佐屋に戻り、馬の支度を命じた。

「えっ、今からお帰りですか」

外に出てきた番頭が驚いてきく。

「うむ、用事は済んだゆえな」

「さようですか」

「代はいかほどだ」

「お二人で二泊ですから、ちょうど千二百文に相成《あいな》ります」

「貫一、頼む」

はっ、と答え、貫一が支払いを済ませる。

「まことに、ありがとうございます」

いったん部屋に戻り、登兵衛たちは荷物をまとめた。それを持って下に降り、馬に結わえつけた。あとは、顔に寒さよけの頭巾をすっぽりとかぶった。これがあるとないとでは、だいぶちがう。

すべての支度が終わるまでに、四半刻もかからなかった。

「では、行くか、貫一」

「はっ、まいりましょう」

二人は馬上の人となった。和佐屋の奉公人たちが勢ぞろいしている。

「世話になった。また会おう。おう、そうだ。すまぬが、九蔵に急ぎ江戸に戻ることになったと伝えてくれ」

登兵衛がいうと、奉公人たちが一斉に頭を下げた。それを見た登兵衛は深くうなずいてから、馬腹《ばふく》を蹴った。うしろに貫一が続く。

さすがに馬は速い。顔に当たる風がひどく冷たく、頭巾をかぶっていても頬がこわばってゆくのがわかる。

もうどれくらい走ったものか。道は山中に入っている。行きかう人はほとんどいない。寂しい限りだが、冬の甲州街道など、こんなものだろう。

不意に風を切る音が聞こえた。

はっとして登兵衛は頭を下げた。うっ、と背後でうめき声がし、うう、と苦しげな声がそれに続いた。

「どうした」

手綱を握り締めつつ、登兵衛は振り返った。貫一が馬上で突っ伏している。手綱を右に引いて馬を道脇に寄せ、貫一の馬を先に行かせた。馬が横を行き過ぎようとした瞬間、さっと手を伸ばし、登兵衛は貫一の馬の手綱をつかんだ。それを思い切り引っぱる。馬がいななきを上げて、立ち止まった。その弾みで、どさりと音を立てて、貫一が地面に落ちた。ぴくりともしない。登兵衛もすぐに馬を降りた。

「貫一っ」

近づいて声をかけた。

だが、仰向けになっている貫一から応えはない。胸に矢が突き立っているのが見えた。すでに事切れているようだ。

——な、なんたることだ。

和四郎に続いて、貫一まで死なせてしまった。暗澹《あんたん》としかけたが、はっとして登兵衛はあたりを見回した。

「待っていたぞ。まったく寒くてならなんだ。早く来てくれぬかと心待ちにしていた」

ふらりと大木の陰から姿をあらわしたのは、若い侍である。弓矢を手にしている。

「きさま、戸田兵部か」

目を据えて登兵衛は鋭くきいた。

「よく知っているな。まあ、九蔵からきいたのであろう」

どこかのんびりとした調子で兵部が答える。

九蔵は兵部の仲間なのか。いや、そんなことはあるまい。

「きさま、なにゆえわしらを待ち伏せることができた」

「たやすいことよ」

うそぶくように兵部がいった。

「和佐屋を見張っていたら、九蔵が入ってゆくのが見えた。和佐屋の泊まり客の誰かがあの目明しを呼んだのだろうが、誰か考えるまでもない。九蔵という男はなかなかのやり手よ。きっとおぬしたちに、江戸へ戻るに足る手がかりをつかませるにちがいないと俺は踏んだのだ。それならば先回りをするにしくはないと馬を使い、ここまで来た。この辺は待ち伏せに適した地勢だ。案の定、おぬしたちは馬を急がせてのこのこやってきおった」

「きさま、許さぬぞ」

ぎらりと瞳に力をたたえ、登兵衛は兵部をにらみつけた。

「ふん、やる気か。おぬし、腕に覚えはあるのか。あるはずもないな。あったら、手練の供をつけるわけがない」

くっ、と心中で登兵衛は唇を嚙み締めた。無造作に兵部が近づいてくる。あっという間に距離は一間ほどに縮まった。

腰に下げた竹筒を登兵衛はつかみ、高々と掲げた。

「きさま、これを投げるがよいか」

あっけにとられ、兵部が足を止める。

「なんの真似だ。ただの竹筒だろう。中身は水ではないか」

「そう思うか。——食らえ」

やにわに登兵衛は投げつけた。中身は兵部のいうようにただの水だが、しぶきを上げて兵部に降りかかった。おっ、と兵部が声を上げ、後ろに飛びすさった。

登兵衛は馬に飛び乗るや馬腹を蹴り、兵部の横を一気に駆け抜けようとした。

「おのれっ」

怒号した兵部が刀を振りかざし、斬りかかってきた。だが、ほんのわずかの差で、兵部の刀は登兵衛に届かなかった。

だが、これで兵部があきらめるはずもない。

さっと登兵衛は振り返った。思った通り、街道の真ん中に立って兵部は弓を構えている。すでに狙いを定めていた。距離は、まだ十間もひらいていない。自分はいま、格好の獲物だろう。左手で手綱をつかみ、登兵衛は右手で脇差を抜いた。

やつは、わしのどこを狙っているのか。頭か、体か。きっと体のほうだろう。もし的の小さい頭を狙ってくるようだったら生半可な腕前ではない。素直にあきらめるしかない。

弓の弦音《つるおと》が響き、兵部が矢を放ったのが知れた。馬上で半身になった登兵衛からは矢はほとんど見えなかったが、えい、と渾身の力を込めて胸の前で脇差を振った。びし、と音がし、勢いを失った矢がぽとりと地面に落ちた。万に一つの奇跡だろう。和四郎が力を与えてくれたのだ。

しくじったことを覚った兵部は、まさか登兵衛に叩き落とされようとは思っていなかったらしく、すぐに次の矢をつがえようとしているが、わずかに手間取っている。苛立ったように弓矢を投げ捨て、森の中に駆け込んでいった。すぐに一頭の馬を街道上に引き出し、ひらりとまたがった。馬腹を蹴って、登兵衛を追いかけてきた。

脇差を鞘にしまい、登兵衛は馬をもっと速く走らせようと試みた。だが、思ったほどには走らない。

兵部の馬はたっぷり休養を取って、ほとんど疲れはないのだろう。こちらはすでにかなり走り続け、弱っているのだ。登兵衛が振り向くたびに、彼我《ひが》の距離が縮まってくる。

最初は二十間以上あったが、今はもう十間もない。

八間、六間、四間。

血を塗りつけたかのように赤い口をした兵部が、刀を振り上げた。

もう二間まで近づいてきている。

左側は山で、深い森が鬱蒼と続いているが、右手は切り立った崖だ。宮川《みやがわ》と呼ばれる川が二十町ほど下を流れている。白い渦がところどころ岩を嚙んでいるのが見えた。

ついに距離は一間になり、さらに半間に縮まった。

その瞬間、兵部が刀を思い切り振り下ろしてきた。登兵衛は、兵部が刀を振り下ろすのをぎりぎりまで待って、手綱を思い切り引いた。馬はいきなり止まりはしなかったものの、一瞬で速度が落ちた。刀は空を切り、兵部の乗った馬が登兵衛の横を通り過ぎようとする。登兵衛は馬を捨てて飛びかかると、兵部に体当りをくらわせた。

どん、と鈍い音がし、うぐっ、と兵部が声を発した。あっけないほどたやすく落馬する。直後、登兵衛も街道に転がり落ちた。肩を打ち、うめき声が出た。それでも、崖から落ちないように、体全体で踏んばった。

「くくっ」

兵部の声が聞こえ、登兵衛はそちらに顔を向けた。地面にわずかに肌をのぞかせている岩に、数本の指がしがみついている。兵部は崖から落ちそうになっているのだ。

指がずずずっと音を立てて滑りはじめ、ああっ、という断末魔の悲鳴が聞こえてきた。

立ち上がった登兵衛はゆっくりと岩に歩み寄り、慎重に下をのぞき込んだ。崖は、ほぼ垂直に切り立っている。ところどころ木々が生えているが、兵部が引っかかっているようには見えない。兵部の姿はどこにもなかった。

貫一、と登兵衛は叫んだ。仇は討ったぞ。九蔵、済まぬな。やつを殺してしまった。

いや、まだ生死は不明だ。それでも、この険しい崖から落ちて、無事にすむとは思えない。崖の下には雪が深く降り積もり、生きているとしても這い上がってくることはできないだろう。そのまま凍え死にしてしまうにちがいない。

大きく息をつき、肩の痛みが引くのを待って、登兵衛は馬を呼んだ。少し離れたところで馬はこちらを見ていたが、うれしそうに寄ってきた。

手綱を取り、登兵衛はまたがった。ふう、とまたも息が出た。生きているのが信じがたい。だが、なんとか乗り越えた。こんな経験は二度とごめんだ。直之進どのは、と登兵衛は思った。こういうことをいつも繰り返しているのだろう。自分にはとても真似できない。湯瀬直之進という男は、並外れた力を持っているのだ。

先ほど走ってきた道を戻り、登兵衛は貫一の遺骸のあるところまでやってきた。

馬を降り、貫一に近づいた。貫一の馬が逃げもせず、顔をなめるような仕草をしている。そのとき、うう、という声が聞こえた。

——なんだ、今のは。

足を止め、登兵衛は耳を澄ませた。紛れもなく人の声だ。

まさか。

仰向けになっている貫一を登兵衛は見つめた。うう、とまた聞こえた。まちがいない。生きている。うれしさで胸が詰まった。

「貫一」

駆け寄り、登兵衛はひざまずいた。馬が驚いて横に動き、鼻を鳴らした。貫一は目を覚まさない。

貫一の胸に突き立ったと思った矢は、わずかに肩のほうにずれていた。急所は外れているようだ。貫一の胸に耳を当て、登兵衛は鼓動を聞いた。力強く打っている。

よかった。

心の底から登兵衛は思った。空を仰ぎ、天に感謝する。医者に運び、手当をしてもらわなければならない。

登兵衛は、刺さっている矢を途中で折った。これで馬に乗せても大丈夫だろう。矢を抜く気はない。出血がひどくなるだけだろう。抜くのは医者に任せたほうがよい。

貫一の体を抱え上げ、登兵衛は馬の背にうつぶせに乗せた。相変わらず貫一は目を覚まさない。打ちどころが悪かったのだろうか。それはそれで心配だが、今は生きていることこそが大事だろう。

二頭の馬を引いて登兵衛は歩きはじめた。次の宿場まで、どれくらいあるだろう。

医者がいてくれたらよいが。

祈りつつ、登兵衛はひたすら足を進めた。

四

人の気配がする。

ろうそくが揺れた。

書物から目を離し、倉田佐之助は顔を上げた。ろうそくが、じじ、と音を立てる。

ろうそくを吹き消してから立ち上がり、佐之助は敷居を越えると、縁側に立った。雨戸が閉《た》ててあり、外の景色は見えない。夜目《よめ》は利くが、典楽寺の境内は恐ろしいほど暗く、おそらくなにも見えないだろう。

神経をそばだてて外を探ったが、先ほどの気配が嘘だったようにまったく感じられない。ふっ、と佐之助は小さく息を漏らした。

「あなたさま、どうされました」

お咲希に添い寝していた千勢が、佐之助の動きに気づいたらしく、そっと寄ってきた。

「ここはこんなに寒いのに」

「確かに冷えるな」

「なにか感じたのですか」

「いや、なにも」

「いつまでもこんな寒いところにいたら、お体に障りますよ」

滝上鹿久馬という旧堀田家の侍にかどわかされたお咲希を捜し出したとき、佐之助は鹿久馬に襲われた。左肩を二度斬られ、太ももやられた。診てもらった医者の手当てが的確で、すでに治りかけてはいるのだが、まだ本復というわけにはいかない。

「うむ、そうだな」

佐之助は素直にうなずいた。

「まだ本を読まれますか」

「いや、もうやめておこう」

千勢とともに佐之助は寝間に入った。布団に横たわったお咲希が、規則正しい寝息を立てている。

お咲希の横に座り、佐之助は寝顔を見つめた。かわいくてならない。天が遣わしてくれたのではないかと思えるほどだ。

俺はこの子と千勢を守らねばならぬ。

「よし、寝るか」

搔巻を着込み、佐之助は布団の上に横になった。お咲希を挟んで、千勢が横たわる。枕に頭を預け、きらきらした目で佐之助を見つめている。

きれいだな、と佐之助は思った。抱きたくなったが、お咲希がもし起きたら、と考えると、さすがに思い切れない。

三人は川の字になっている。本当の親子のようだ。俺たち三人は、どういう縁があったのだろう。不思議な気がする。前世の因縁というのは、本当にあるのだろうか。あるからこそ、今世でも結びついたのか。

「眠れませんか」

小声で千勢がきいてきた。

「いや、そんなことはない。ちょっと考え事をしていただけだ」

「どんなことです」

「前世と今世のことだ」

「因縁ですか」

「うむ、そうだ」

「私も不思議に思います。あなたさまと、こうして一緒の部屋で寝ているなんて、なにか信じられない気持ちです。あなたさま」

千勢が静かに呼びかけてきた。

「幸せですか」

「ああ、とてもな」

間髪《かんはつ》いれることなく佐之助は答えた。

「満ち足りている。千勢は」

「私も幸せです」

そうか、千勢は幸せなのか、と佐之助は思った。この俺と一緒にいて幸せなのか。

「千勢、もう寝るか」

「はい」

佐之助は目を閉じた。千勢はじっと佐之助を見ているようだったが、やがて眠りに落ちたようで、かすかな寝息が聞こえてきた。

いま何刻だろう、と目をつぶったまま佐之助は思った。四つを少し過ぎたくらいか。まだ深更というほどではない。

目をあけて、刀の位置を確かめる。手を伸ばせば届く場所に刀架があり、それに大小が架けられている。

もし危急のことが起きても、十分に対処できるだろう。

うつらうつらしていたようだ。

はっとして佐之助は目を覚ました。眠るつもりはなかったのに、寝てしまった。生死に関わる大怪我を負ったために、横になっていることが多かったせいか、以前に比べ、人として弱くなったようだ。こんなことでは駄目だ。鍛え直さなければならない。

首を回し、佐之助は部屋の中を眺めた。

闇は深いが、それでもほんのわずかな光が感じ取れる。真の闇というのはなかなかないものだ。

それにしても、と佐之助は思った。どのくらい眠ったのだろう。一刻は寝ていたか。となると、もう九つを回ったか。

どこかで人の気配がしている。そのために目が覚めたようだ。

そっと起き上がり、佐之助は刀架の刀を腰に帯びた。

「どうかしましたか」

耳ざとく千勢が上体を起こし、きいてきた。足音を立てることなく千勢に近づき、佐之助はしゃがみ込んだ。

「堀田一派が来たかもしれぬ」

「えっ」

千勢が大きく目をみはる。

「大丈夫だ」

「でも——」

「本当に大丈夫だ。俺を信じろ」

「はい」

「千勢、お咲希を頼む」

なにも知らずに、お咲希はぐっすり眠っている。

「わかりました」

「よし、二人で例の場所に移っていてくれ。そこでじっとしているのだ。よいな」

「はい」

「では、俺は行くぞ」

千勢から離れ、佐之助は素早く動いた。いま自分たちがいるのは、典楽寺の離れである。六畳が二間だけの建物だ。裏手に厠に行くための狭い戸口が設けてあり、そこから外に出られるようになっている。

外に出ると、寒さが襲ってきた。傷が痛みはじめる。だが、痛みなどに負けていられない。俺には守るべき者がいる。

生垣ほどの高さの小さな茂みに、佐之助は姿を隠した。ほとんど腹這いになり、じっとりと重く沈む闇の向こうを見通そうとした。

刺客はどこにいるのか。動くものはなにも見えない。

こうして、じっとしているのはつらい。動きたいが、ここは我慢だ。

決して動いてはならぬ。自らに固く命じ、佐之助は茂みに腹這うようにして、漆黒の闇を見つめ続けた。

腰のあたりがしびれてきた。そのせいか、あまり寒さを感じなくなっている。この茂みに腹這ってから、すでに一刻はたったのではあるまいか。刺客はこちらの気配をうかがっているのだろうか。それにしても、本当に襲う気はあるのか。

そのとき右手のほうで、かすかに影が動いたのが見えた。

――来たか。

音を立てないように佐之助は鯉口を切った。腰のしびれは続いているが、素早く立ち上がるのに支障はない。近くに来たら、有無をいわさずに叩き斬る。佐之助はそう心に決めている。

人影が徐々に近づいてくる。忍びのように足音はまったく立てていない。離れの前まで来て、影が動きを止めた。かがみ込み、離れの中の気配を探っているようだ。佐之助との距離は四間ばかりだ。

飛び出すべきか、と佐之助は考えた。いや、まだ早い。もう少し近づいてからだ。

「倉田」

その影がいきなり佐之助を低声《こごえ》で呼んだ。佐之助は体から力を抜き、ゆっくりと立ち上がった。

「湯瀬」

「おう、そこだったか」

直之進が小走りに近寄ってきた。

「刺客はどうした」

佐之助は直之進にただした。

「境内に入り込んだのは確かだが、どうやら俺たちが待ち構えているのに気づいたようだ」

「では、なにもせずに引き上げたのか」

「そういうことだ。我らの意図が見抜かれたらしい」

「敵ながら、やるではないか」

うむ、と悔しそうに直之進が顎を引く。

「容易ならぬ敵であるのはわかっていた。おぬしを餌にするようで気が引けたが、千載一遇の機会だった。くそう、なかなか思うように事は運ばぬ」

「自分の思うように事が進むことなど、十に一つもあるまい」

「確かにな」

「それにしても湯瀬、どうして俺が狙われるとわかった」

「そうか、まだ話していなかったな。八助という男が殺されているのを目の当たりにして、呆然とした俺を狙って、翁面の男が襲ってきたことまでは話したな」

「うむ」

「そのとき翁面の男は、俺に一撃を浴びせただけで逃げ去った。一撃に懸けていたのだ、とそのときは思ったが、そうではないのではないかと俺は考えをあらためた」

「というと」

「一撃だけで済ませたのは、狙われているのは俺だと思わせるためで、翁面の男自身、なにか次にすべきことがあり、そのために無傷でいたかったからではないかと思ったのだ」

「それが俺を襲うということか」

「琢ノ介は、店に閉じこもっているからまず狙いにくい。火をつけて外に出すという手はもはや通用するまい。ひるがえって倉田佐之助はどうか。居場所をくらましたとはいえ、千勢がこの寺に世話になっていることなど、調べればすぐにわかる。実際、やつらはここにおぬしたちがいることを知ったのだろう」

「それで、次の標的が俺であることを見抜いたのか」

「俺を殺す気なら、八助の家で刃を交えてもよかったのに、翁面の男はそれをしなかった。妙だ、と思うのは当たり前だ」

「おぬし、意外に頭のめぐりがよいのだな」

「意外は余計だろう」

よく光る目を直之進が当ててきた。

「倉田、千勢どのとお咲希ちゃんが案じているだろう。早く戻れ。俺は今しばらく、このあたりをうろついてみる」

「湯瀬、感謝する」

「感謝などいらぬ。俺たちはもはや友垣のようなものだろう」

「友垣だろうと、感謝は必要だ。とにかくおぬしがいてくれたおかげで、千勢とお咲希になにごともなく済んだ。俺一人なら刺客はきっと襲ってきただろう。俺は二人を守りきれなかったかもしれぬ」

「そんなことはあるまい。おぬしならやれたさ。ところで倉田、ここを移るか」

「その必要はあるまい」

佐之助は力強くいった。

「俺には確信があるゆえ」

「どのような確信だ」

間を一つ置いてから佐之助は告げた。

「おぬしが、旧堀田一派をじき壊滅に追い込むという確信だ」

「まことか」

「勘に過ぎぬが、当たると思うぞ」

「必ず当たろう」

自信たっぷりに直之進がいった。

「おぬしの勘は当たる。それにな、倉田」

「なんだ」

「思い込みというのも、ときに大きな武器になる」

「確かにな」

「倉田、ぐずぐずしておらず、千勢どのたちのもとに早く行ってやれ」

「俺が別れがたいと思っているのに、気の短い男だ」

「ではな」

直之進がきびすを返し、深い闇に向かって進んでゆく。その姿はほんの数瞬で見えなくなった。

感謝する。心中でつぶやいてから、佐之助は離れに戻った。

「千勢、お咲希」

二人の名を呼ぶ。

「出てきていいぞ」

床の間に、鋭い目をした鷹の描かれた掛軸が下がっているが、それがゆらりと横に動いた。掛軸の形に合わせた縦長の穴がぽっかりとあく。お咲希が顔をのぞかせ、暗い中、佐之助を認めてにこりと笑った。

佐之助が手を伸ばすと、お咲希がうれしそうに抱きついてきた。甘い香りがする。

次は千勢だ。佐之助が手を差し伸べると、少し恥ずかしそうにしたが、すぐに佐之助の胸にしなだれかかってきた。掛軸がはらりと音を立てて、元の位置に戻り、穴は見えなくなった。

「父上と母上、仲がいいね」

弾んだ声でお咲希がいう。

「お咲希は仲がいい父と母を見るのが好きか」

「うん、大好き」

「そうか」

「ねえ、父上、どきどきしたけど、とてもおもしろかったよ」

「それはよかったな」

「そこの穴蔵、意外に広いのね。二畳はあったよ。ねえ、母上」

「ええ、そうね」

穴蔵は、この寺の住職である岳覧《がくらん》が遊びでつくらせたものだ。上忍《じようにん》と呼ばれる忍者の屋敷にこのようなものがあることを知って、どうしても真似したくなってしまったのだそうだ。

それがこういうときに役立つとは、岳覧自身、夢にも思わなかっただろう。

「お咲希、まだ夜は長いぞ。寝るか」

「うん、父上と一緒がいい」

「大きくなったのに、お咲希はまだまだ甘えん坊だな」

佐之助たちは三人で寄り添うように横になった。

お咲希の体からじんわりとあたたかみが伝わってくる。

こういうのを、と佐之助は思った。人は幸せというのであろうな。


くそう。

闇を駆けつつ、厳之介は毒づいた。

まさかあの寺に湯瀬直之進がいるとは。

こちらの策が見抜かれていたのだ。

どうしてわかったのか。

あの男の獣のような勘が働いたのだろう。

危うかった。あのまま倉田佐之助を襲っていたら、二人を相手にしなければならなかった。

危なく虎口《ここう》に陥るところだった。

湯瀬が待ち構えていることに気づいたのは、典楽寺に近づくにつれ、なにか巨大な壁が立ちはだかってくるような気がしてならなかったからだ。

倉田佐之助も遣い手と聞いていたが、滝上鹿久馬との戦いで傷を負い、まだ本復していないはずなのだ。そこまでの気を発しているはずがない。

とそのとき厳之介は察したのだ。ほかにも誰かいる、と。

住職がとんでもない名僧で、その手の気の持ち主なのかもしれぬ、とも考えてみたものの、厳之介が感じたものは、僧侶が持つような類の気ではなかった。

考えられるのはただ一つ。典楽寺には湯瀬がいるということだった。

だが、確かめずに引き上げるわけにはいかない。離れから最も遠い場所に当たる東側から境内に入り込んだのだが、そこから先は一歩も進めなかった。

佐之助一人ならどうとでもなる。直之進一人でも、倒せるだろう。

だが、二人が相手となると。

斬り込むのはたやすい。だが、死が待っているだろう。死ぬとわかって前に進むのは愚か者のすることだ。

それでもさんざん迷った末、ついに厳之介は典楽寺から引き上げたのだ。

あの巨大な壁のように立ちはだかる気。もしかすると、俺だけが感じるように湯瀬はわざと放っていたのかもしれない。倉田には妻と幼子がいる。万が一、その者らが巻き添えを食うことを恐れたのではなかろうか。

湯瀬直之進という男はやはり容易ならぬ相手だ。今でなくても、いずれこの俺を倒せるという確信があるのだ。

だが、それだからこそ、倒し甲斐があるというものだ。たやすく殺れるような男なら、滝上鹿久馬にあっさりと倒されていたはずだ。

天馬さまは、と駆けながら厳之介は思った。すでに湯瀬直之進を倒す新たな手を考えてあるとおっしゃっていた。

天馬さまのもとに立ち戻り、今はその策とやらを聞くべきだろう。

五

まったく畜生にも劣る連中だね、と富士太郎はあらためて思った。

「旦那、なにか気に障ることでもありましたかい」

つぶやきが漏れたか、露払いをするように前を行く珠吉が振り返ってきく。

「旧堀田一派の連中だよ」

「ああ、おとといのことですね」

朝日はとうに昇っているが、空には雲がかかり、陽射しはほとんどない。曇りの日は晴れの日よりもあたたかいはずだが、風は相変わらず冷たく、びゅうびゅうと音を立てて吹きつけてくる。上空はほとんど風がないのか、びっしりと張った氷のように雲は動こうとしない。

「そうだよ。口封じにまったく関係のない人まで殺すなんて、信じられないよ」

「あっしも同感ですよ。やつらは人じゃありませんぜ。八助さんというなんにも関わりのない人まで殺すだなんて」

おととい、磯太郎に案内されていった家には、確かに直之進がおり、死骸は文机にうつぶせていた。直之進によると、殺されたのは八助という男で、翁面をつけた者の仕業だろうということだ。直之進が八助の死骸を見つけた直後、翁面の男に斬りつけられたそうだ。

翁面といえば、米田屋に火がつけられたとき、琢ノ介を襲ってきた者もかぶっていたと聞いている。同じ者の仕業なのだ。

「おいらは許さないよ」

富士太郎が声高にいうと、珠吉がまた振り向いた。

「あっしもですよ」

「必ず見つけて獄門にかけてやるよ」

「その意気ですよ。それにしても旦那」

急に珠吉が声を低くした。一陣の風が強く吹き渡って、聞き取りにくい。珠吉に近寄って富士太郎は耳を傾けた。

「やはり、あのおさよという女はくさいですね。伊右衛門さんに飲ませていた薬湯、本当に風邪薬なんですかね」

「伊右衛門さん、元気がなかったものね」

「おさよって女、伊右衛門さんを殺して財産を奪おうって魂胆じゃないでしょうね」

「隠居とはいえ、伊右衛門さん、相当持っているだろうからね。奪ったら、そのあとはなにもせずに遊び暮らせるだろう。とにかく珠吉、平川さんにまずは話を聞くことだよ」

「さいですね。しかし旦那、細かいことをいうようですけど、もう平川さんじゃありませんよ」

「そうだったね。米田屋さんと呼ばなきゃいけないんだ」

「琢ノ介さんでもいいんじゃありませんかい」

「そうだね。直之進さんのことは直之進さんと呼んでいるし。そっちにしようかね。呼びやすいかもしれない」

すでに米田屋は、視野に入ってきている。暖簾はしまわれ、戸口は固く閉じられたままだ。この一件が落着するまでは致し方ないこととはいえ、職を求めて来た人たちは悲しい思いをするだろうねえ、と富士太郎は思った。

米田屋の戸口に立ち、富士太郎は訪いを入れた。

すぐに臆病窓があき、女が目をのぞかせた。おきくかおれんのどちらかだろうが、目だけでは正直、富士太郎にはわからない。

「あっ、樺山の旦那、珠吉さん」

さるが外される音がし、くぐり戸があいた。若い娘が顔をのぞかせる。

「おはようございます」

おはよう、と明るく返して富士太郎は、娘の顔をじっと見た。顔色は悪くない。窮屈な日がそう長くは続かないと確信している顔だ。ただ、なにか憂いらしい感情が面にかすかにあらわれている。これはなんだろう、と富士太郎はいぶかった。

「ええと、あの、おまえさんは……」

「はい、れんです」

「ああ、おれんちゃんかい。ごめんね、わからなくて」

「いいんですよ。おとっつあんだって、まちがえるくらいですから」

「そういってもらえると助かるよ」

「樺山の旦那、今日は」

「うん、琢ノ介さんに会いに来たんだ。話を聞きたいと思って」

おれんが眉を曇らせた。

「それが出かけたんです」

「ええっ。だって直之進さんから他出は控えるようにいわれたはずだよ」

後ろで珠吉も驚いている。

「それがお客さんに呼ばれたんです」

「こんなに朝早く」

「ええ、義兄《にい》さんが初めてお世話をしたお客さんなんです。それで放っておけずについさっき出かけていったんですよ。私たち、止めたんですけど……」

憂いの原因はこれだったのだ。

「初めて世話をしたというと、もしや福天屋さんの隠居かい」

「はい、伊右衛門さんです」

富士太郎の胸に黒雲が渦巻きはじめた。

「伊右衛門さんがどんな用事だい」

「使いとしていらしたのは、お年寄りでした。伊右衛門さんの別邸で働いている方でしょう。そのお年寄りによると、どうもおさよさんの様子がおかしいとのことなんです」

「どうおかしいんだい」

「そこまでは、そのお年寄りもおっしゃいませんでした」

「気になるね。よし、今からおいらたちが行ってみるからね」

ほっとしたように、おれんが小さな笑みを見せる。

「よろしくお願いします」

富士太郎たちの会話を聞きつけ、おきくやおあき、祥吉が戸口にやってきて心配そうな顔を並べていた。

琢ノ介がいかに慕われ、頼りにされているか、よくわかろうというものだ。

「大丈夫だよ。案ずることはないからね」

祥吉に目を向けて、富士太郎は力強くいった。

やはり外はよい、と琢ノ介は歩を運びつつ思った。

風は冷たく、大気はひどく乾いているが、伸び伸びする。

前を行く年寄りに合わせて、琢ノ介はゆっくり進んでいる。

「すみませんね、もう少し速く歩きたいとは思うのですが」

振り返り、年寄りが謝る。

「いや、かまわんよ。——ところでご老人、名はなんとおっしゃるのかな。これまで、うかがっていなかった」

「手前は岩蔵《いわぞう》と申します。どうぞよろしくお願いいたします」

それはまたごつい名だ、と琢ノ介は思った。あまりこの年寄りには似つかわしくない。

「伊右衛門さんとは長いのかな」

「それはもう。手前は商売の才覚はまったくありませんで。そのために店のほうではなく、奥のほうのことをしていました。旦那さまが別邸を建てられたとき、差配役にしていただきました。まあ、やっていることは相も変わらず下男ですがね。薪割りはこの歳になっても得手ですよ」

すでに伊右衛門の別邸近くまでやってきているが、ここまで怪しい気配は感じない。気をゆるめることはできないが、これまで家を出ることなくじっとしていたのがまちがいだったのではないか、と思えるほどだ。そんなことをいったら、直之進は目を三角にして怒るにちがいない。

あいつは温厚そうに見えて、意外に気短《きみじか》だからな。

見慣れた冠木門のくぐり戸を、年寄りに続いて琢ノ介はくぐった。敷石を踏んで戸口へ向かう。

戸口に伊右衛門がいた。

おや、と琢ノ介は思った。伊右衛門がにこにこしているからだ。まったく心配そうな顔ではない。おさよはどうしているのか。

「おはようございます」

明るい表情で伊右衛門が辞儀する。

「こんなに早くお呼び立てして、まことに申し訳ございません」

「いえ、かまいませんよ。心配事があれば、遠慮なくお呼びください」

「ありがとうございます」

「だいぶ顔色がよくなられましたね。風邪のほうはもう」

「ええ、おさよの薬のおかげで、もう全快ですよ」

ほう、あの薬が効いたのか、と琢ノ介はやや意外に思った。

「それでおさよさんはどちらに。なんでも、様子がおかしいとのことですが」

眉を曇らせ、伊右衛門が憂いを顔に刻む。

「こちらでございます」

いつも伊右衛門が使っている奥座敷に琢ノ介は招き入れられた。

おさよが、座敷の真ん中にちょこんと座っていた。琢ノ介を見て、にこりと笑う。

その笑顔は見とれるほど美しかったが、同時に琢ノ介は薄ら寒さを覚えた。なにか妙だ。まずい場所に来てしまったのではないか、という思いが頭をもたげる。きびすを返して帰りたくなった。

だが、それは許されなかった。背後に気配を感じ、振り返ると、いつしか翁面をつけた男がいたからだ。

おさよと伊右衛門は別段、驚いてはいない。当たり前の顔をしている。二人は翁面の男の仲間だったのか。

つまり、と琢ノ介は思った。わしは誘い込まれたということか。

おのれ、やりおったな。すべて最初から筋書があったのだ。伊右衛門が店にやってきたのも、おさよが妾奉公を望んだのも、その筋書に沿ったものだったのだ。

腰には脇差しか帯びていないが、琢ノ介の闘志がわきたった。こんなところに一人でのこのこやってきてしまった。確かにしくじったといえようが、わしは死なんぞ。死んでたまるか。こいつらをまとめて倒してやる。店に火までつけおって。高畠権現で襲われたうらみも合わせて晴らしてやる。

「思い知れっ」

すらりと脇差を抜き、琢ノ介は翁面の男に斬りかかった。翁面の男がすっと横に動いた。あっさりと脇差が空を切る。

「くそう」

琢ノ介は翁面の男を追いかけ回した。

だが、一向に斬りつけることができない。

わしは守るのにしぶといが、攻める側に回ると、こんなものなのか。

ぜえぜえと荒い息を吐きつつ、琢ノ介は情なく思った。

足がもつれてきた。

「きさま、逃げ回ってばかりいないで、戦え」

翁面の男は無言だ。

「刀も抜かんのか」

これにも応えはない。

「くそう、殺してやる」

琢ノ介は力を振りしぼって突進した。間合に入った。思い切り脇差を振り下ろした。

だが、またもかわされた。脇差の重さに負けて、琢ノ介はよろけた。必死に脇差を引き戻し、正眼に構える。いま襲いかかられていたら、危なかった。隙だらけの体をさらしていたのだ。

翁面の男が冷ややかな目で琢ノ介を見ている。

琢ノ介の中で、新たな怒りの炎が燃え上がった。再び斬りかかった。

これもよけられた。

もう息も絶え絶えだ。脇差が鉄のかたまりのように感じられてきた。

こんなざまではまずいぞ。

必死の思いで脇差を構え、なおも振り下ろしていった。

「もうよかろう」

背後で女の声がした。琢ノ介が振り返ると、おさよよりもきれいな女が立っていた。一瞬、琢ノ介は目を奪われた。

気配を感じて、はっと前を向いた。翁面の男が近づいてきている。刀を抜いていた。

　どうりゃあ、と琢ノ介は気合を発して脇差を袈裟懸けに振った。だが、今度は畳の上を足が滑り、よろめいた。

　しまった。

　翁面の男が刀を振り下ろしてきた。

　がつ。そんな音を琢ノ介は聞いた。

　左肩に激痛がきた。骨が折れたかもしれない。脇差を握っていられず、放り投げた。琢ノ介は畳に両膝をつき、右手で左肩を押さえた。左腕にはまったく力が入らない。

　峰打ちか。なにゆえそのような真似をするのか。ひと思いに殺せばよいものを。わしをなめておるのか。必ず後悔させてやる。

「天馬さまのおっしゃる通りでしたな」

　翁面の男が誇るような口調でいった。うむ、と天馬と呼ばれた女がうなずく。

「この男はずっと家に閉じこもっておった。体がなまるのも当然よ」

くそう、と琢ノ介は思った。はなから疲れさせるのが目的で、翁面の男は逃げ回っていたのだ。

翁面の男が面を外した。

「あっ、きさまは」

この近くの稲荷で苦しそうに咳をしていた浪人だ。

「その節は世話になった。だがな、主君のうらみを晴らすのは武家の掟だ」

「湯瀬直之進と一緒に始末してやる」

天馬と呼ばれた女が冷たくいった。

「殺せ。殺さぬときさまら、後悔することになるぞ」

「平川琢ノ介、それまで待っておれ」

女には威厳めいたものがあり、顔をしかめつつも琢ノ介は押し黙った。

肩の痛みがひどくなっている。

「——おや」

なにかに気づいたように女が外のほうに顔を向けた。そして、おさよを振り見て、

「お加代、待ち人が来たようじゃ」

といい放った。

「そのときがまいりましたね、得姫さま」

おさよだったはずの女が天馬に微笑んだ。


不穏な空気が発せられている。

そんな気がして、富士太郎はなんとなく別邸に近づくのをためらっていた。

「どうかしましたかい」

「なにか妙だよ。珠吉は感じないかい」

「そういわれてみれば、という感じですかね」

「よし珠吉、忍び込むよ」

珠吉が目をむく。

「旦那、本気ですかい」

「冗談でこんなことはいえないよ。おいらは町方同心だよ。忍び込むだなんて、よほどのことがない限り、しやしないさ。正面から行ったんじゃあ、なにかよくないことが起こりそうなんだよ」

「わかりやした。旦那のいう通りにしましょう。旦那の勘は当たりますからね。

琢ノ介さんは大丈夫なんですかね」

「おいらが案じているのは、そこなんだよ。もう中にいるはずだからね」

「心配ですね」

珠吉が眉を曇らせていう。

「旦那、どこから忍び込みますかい」

「裏だよ。忍び込むのは裏手って、だいたい決まっているじゃないか」

「誰が決めたんですかい」

「おいらがよく読む軍記物には、そういうふうに書いてあるよ」

「軍記物ですかい。あれは旦那、でたらめが多いんですぜ」

「中には、まじめなものもあるよ。――珠吉、今はそんなことをいっている場合じゃないよ」

「すみません」

富士太郎と珠吉は別邸の裏手に回った。高い土壁がぐるりをめぐっているが、一ヶ所だけ切れて、そこに小さな門が設けられている。

「裏口だね。あいているかね」

「どうですかね」

珠吉が押してみた。戸はわずかにきしんだだけだ。

「さるが下りているようですね」

「仕方がない、塀を越えるしかないね。幸い人けはないからね、まず見咎められるようなことはないよ」

「どうやって越えます」

「おいらが珠吉を肩車する。珠吉が塀を乗り越える。門のさるを外してもらって、おいらが入る。こんな感じでどうだい」

「うまくいきますかね」

「四の五のいっているときじゃないよ。琢ノ介さんが危ないかもしれないんだ」

「さいでしたね」

富士太郎は珠吉を軽々と肩にのせた。

「届くかい」

「楽々ですよ」

ふと肩が軽くなった。見ると、珠吉が塀の上にしゃがみ込んでいる。

「誰かいるかい」

「いえ、誰も」

塀を蹴り、珠吉が飛んだ。歳の割には敏捷《びんしょう》だ。あんなことして大丈夫かね、と富士太郎は案じたが、杞憂だったようだ。門があいたのだ。するりと富士太郎は身を入れた。珠吉が素早く門を閉める。

狭くて暗い裏庭には、日陰を好む草があちこちに生えている。

眼前に母屋の壁がある。

「よし、中に入れるところを探すよ」

「合点承知」

左手に回ると、腰高障子の閉まった部屋があった。そろそろと近づき、中の気配を嗅いだ。誰もいなさそうだ。

「よし、あけるよ」

引手に手をかけ、富士太郎は腰高障子を横に滑らせた。塵一つ落ちていない八畳間は案の定、無人である。

そこから中に上がり、富士太郎と珠吉はゆっくりと進んでいった。次々に襖をあけては閉じてゆく。

屋敷は静かなものだ。人の気配などまったく感じ取れない。だが、なにやらいやな気が漂い出ている。

すぐそこのような気がする。

次の襖の向こうに誰かいるのではないか。

あけるべきなのか。富士太郎は必死に気配を探った。全身にじっとりと汗をかいている。

「よし、行くよ」

珠吉にささやきかけて、富士太郎は襖をそろそろとあけた。

「あっ」

縛《いまし》めをされ、猿ぐつわをかまされた琢ノ介が部屋の真ん中に転がっていたのだ。

「琢ノ介さん」

声を発し、富士太郎は近づいた。富士太郎に気づいた琢ノ介が首を振り、体をよじって、ふがふがという。

「早く縛めと猿ぐつわを取れというんですね」

しゃがみ込んだ富士太郎は、猿ぐつわをまず外そうとした。

だが、いきなり首筋をしたたかに打ち据えられた。

「旦那っ」

珠吉の悲痛な叫びが耳を打つ。気を失いそうになりつつも珠吉に目をやると、見知らぬ侍に珠吉が当て身を食らったところだった。珠吉があっけなく畳にくずおれる。

「珠吉っ」

再び首筋に打撃を受け、富士太郎は気が遠くなった。

ああ、琢ノ介さんは近づくなっていいたかったんだね。

今さら気づいても遅かった。眠りに落ちるように富士太郎は気を失った。

次に目覚めたときは、頭が痛かった。そばに琢ノ介と珠吉が座り込んでいる。

珠吉はすでに目を覚ましていた。富士太郎も含め、全員が縛めをされていた。

侍と美しい顔立ちをした女が立っている。

「殺せ」

嚙みつかんばかりの勢いで琢ノ介がわめく。

「さっき望み通りにしてやるといっただろう。だが、それは湯瀬直之進があらわれたときだ」

美しい顔立ちの女が高らかに宣した。

「湯瀬はじきやってくるだろう。すでに餌は撒《ま》いてあるゆえな」

六

誰かにつけられているような気がする。

振り返りたいが、直之進はその気持ちを押しとどめている。

気づいていないふりをしたほうがよいだろう。今度こそ捕まえてやる。

そのとき横から近づいてきた者があった。

「あのう」

商家の手代を思わせる男である。

「なにかな」

足を止めて直之進はたずねた。

「湯瀬さまですか」

「おぬしは」

「手前は誠之助《せいのすけ》と申します」

「なにか用か」

「はい、大久保さまの使いでまいりました」

「算盤の師匠の大久保どのか」

「はい、さようにございます。伝言がございます」

「聞こう」

道の真ん中では往来の邪魔になるので、直之進は端に寄った。期待が高まる。もしや増島屋の手代の件でわかったことがあるのではないか。ちらりと背後を見やった。だが、つけているはずの者の姿は見えない。

「増島屋の手代をお捜しになっておりますね。その男は提造《ていぞう》さんといいまして、福天屋のあるじだった伊右衛門さんのせがれなんです」

「福天屋、伊右衛門……」

聞いた覚えがある。すぐに思い出した。琢ノ介が世話をした妾の奉公先が福天屋の伊右衛門だったはずだ。

これはどういうことだろう。

「伊右衛門のせがれがどうして増島屋にいたのだ」

「よくある出奉公というやつですよ。修業のためです。もともと提造さんは妾《しょう》腹《ふく》でしてね、腹ちがいの兄がいることもあって、本家を継ぐことはまずないんですよ。それで早いうちから外に出されていたのです」

「そうか。福天屋は堀田家と関わりが深かったのか」

「それはもう。伊右衛門さんは親しい人に、自分たちは堀田さまのおかげでここまでなれたというようなお方ですから」

「そうだったのか。伊右衛門にはおさよとかいう妾がいるな」

「それは、手前は存じません」

「伊右衛門には娘はいるのか」

「はい、一人。名はお加代さんです」

おさよとお加代。よく似ている。

「その娘は今なにをしている」

「さあ、存じません。一時は堀田さまのお屋敷に奉公に出ていましたが。――なんでも、得姫さまというお方に仕えていたとか」

得姫といえば、と直之進は思った。登兵衛が諏訪に調べに行った得子のことではないか。

すべてがつながった。福天屋のことは琢ノ介に聞くべきだろう。

「誠之助といったな。よい話を聞かせてもらった。かたじけない。大久保さまにはあらためて礼をいいにまいる。よろしく伝えてくれ」

はい、と誠之助が答えた。そのときちらりと白い歯を見せた。どうしてこの男は笑うのか、と直之進は思ったが、そのときにはすでに地面を蹴っていた。

琢ノ介はいなかった。福天屋の伊右衛門の使いが来て、別邸に向かったとおれんがいう。直之進の心は騒いだ。

「そのあと、樺山の旦那と珠吉さんが義兄さんに会いに見えたのです」

「富士太郎さんたちは」

「義兄さんを追いかけるように、福天屋さんの別邸に向かいました」

「よし、これから俺も行く」

おきくが外に出てきている。抱き締めたかったが、さすがにそれはあきらめるしかない。深くうなずきかけてから、直之進は再び走り出した。

福天屋の別邸はすぐに見つかった。

冠木門はひらいている。

来る者拒《こば》まずという風情だ。これは、訪いを入れる必要はないということだろう。

直之進は門をくぐり、敷地に足を踏み入れた。敷石を進み、戸口の前に立った。

いやな気配が充満している。これは……。

俺はここに来るよう仕向けられたのだな、と不意に直之進は覚った。あの誠之助とかいう男は、大久保の使いなどではない。提造という男の出自を告げるよう堀田一派の黒幕から命じられたのだ。きっと金で雇われたのだろう。

そういうことか、と直之進は思った。だからといって引き上げるつもりなど、毛頭ない。息を入れてから別邸に上がる。むろん、草履は脱ぎはしない。

別邸の中には、なんともいえない気配が霧のように立ちこめている。しとしとと降る雨のように体に絡みついてくる。瘴気《しょうき》というやつか。奥に進むにつれ、それが徐々に濃くなってゆく。

なおも廊下を進んで、つと直之進は足を止めた。

この腰高障子の向こうは、邪悪な気配が満ちている。直之進はからりと腰高障子をあけ放った。

座敷の真ん中に侍が一人立っていた。すでに抜刀し、直之進を見つめている。

「おぬし、典楽寺から逃げ帰った者だな」

「その通りだ。宮寺厳之介と申す。俺は、あのとき引き上げておいてよかったと思っておる。でなければ、ここでおぬしと対峙することはなかった」

「どうしてもやるというのか」

「主家のうらみは、我がうらみ。武家とはそういうものだろう。俺は殿の仇を討たねばならぬ」

「命を賭すほど価値のある殿さまではなかったぞ。なにより、おぬしたちを路頭に迷わせた張本人ではないか」

「いうなっ」

斬りかかってきた。直之進も刀を抜き放ち、深く踏み込むや、胴に持っていった。

それをかわした厳之介が横に走り、庭に出た。直之進も続いた。

厳之介が刀を持ち上げ、地面と水平にした。

これが米田屋がいっていた例の構えか、と直之進は目をみはった。この構えにいったいどんな意味があるのか。

厳之介が腰を落とす。同時に低くなった刀を、神主の御幣《ごへい》のように左右に振ってみせる。

目を上げ、厳之介が直之進をにらみつけてきた。

「行くぞ」

叫ぶや、土埃を上げて進んできた。厳之介は直之進の足を狙うように刀を低く振ってきた。直之進は後ろに下がってよけた。

だが、次の瞬間、飴玉ほどの土のかたまりがいくつも直之進の顔をめがけて飛んできた。顔を振ってかわしたが、一つが左目に当たった。激痛が走る。目が潰れたかもしれぬ、と直之進は思った。

そのときには厳之介が突っ込んできていた。袈裟懸けが見舞われる。直之進はかろうじてよけた。

またも厳之介が足を狙うように刀を払った。土がはね上がり、いくつもの礫《つぶて》と化して顔に飛んでくる。左目が見えないために距離がつかめず、直之進の顔に二つが続けざまに当たった。一つは右目を直撃した。直之進は視野を奪われた。

これは——。

さすがに戦慄が走った。

厳之介はどこにいるのか。